文學研究叢書

臺灣文學與中國童謠

龔顯宗　著

寫在前面

　　這是一本包含研究、鑒賞與導論的綜合性小書，內容分三部分：

　　第一部分是「書報雜誌研究」，〈醉古堂劍掃與幽夢影〉試著為二書找到傳承關係；〈孕育小小說的母體——三六九小報〉舉例論證臺灣小小說肇端於一九三〇年；〈自三六九小報所載論許丙丁的藝文成就〉是作家論；〈吟遊勝景話臺灣——談《臺灣風土》的詩與景〉則為陳其祿院士編著《漢詩與旅記雜文之部》做導論。

　　第二部分是「臺灣文學研究與作家介紹」，〈論東吟社的浙地因子〉為臺灣第一個詩社探尋部分成員；〈情愛、鄉思、社會心——論林精鏐〉專論鹽分地帶重要作家的新詩；〈日治時期的臺灣作家〉屬作家介紹，他們是陳鳳昌、胡南溟、王石鵬、連雅堂、謝星樓、林景仁，各擅勝場。

　　第三部分是「童謠研析」，筆者有志於撰寫「中國童謠史」，三十幾年來，已經陸續出版先秦兩漢、魏晉南北朝、明代童謠研究，近年完成隋唐五代十國部分，待日後宋遼金元、清代整理完畢，即著手編撰童謠史。

　　這本小書喚做《臺灣文學與中國童謠》，敬請方家與讀者指正。

龔顯宗　2013、8、30

目　次

童謠研析

書報雜誌研究

《醉古堂劍掃》與《幽夢影》

　　張潮《幽夢影》從清康熙風行一時，中雖遭禁，至今仍擁有大量讀者；陸紹珩《醉古堂劍掃》在晚明膾炙人口，現則知者寥寥，其實二書承傳之跡甚為明顯。本文首先比對兩者文字內容，列述陸氏對張氏影響，次述編撰背景、旨趣、體例，論其同中之異、異中之同。

一　《幽夢影》源於《醉古堂劍掃》

　　二書都是理智、感性、閱歷、思想辨糅的產物，《幽夢影》實源於《醉古堂劍掃》。

　　《劍掃卷五‧素》云：「莫戀浮名，夢幻泡影有限；且尋樂事，風花雪月無窮。」此為張氏書名與內涵、題材之所從出，《金剛經》已言之於先：「一切有為法，如夢幻泡影。」夢影二字含括六如之義[1]，陸氏自序謂：「快讀一過，恍覺百年幻泡，世事棋枰，向來傀儡，一時俱化。」正是蘇軾「一彈指頃去來今」之意。

　　《劍掃四‧靈》云：「聽靜夜之鐘聲，喚醒夢中之夢。」有暮鼓晨鐘警醒世人的功能、清涼散解醒的效用。[2]顧廷杖讚他「具覺世熱

1　《金剛經》云：「一切有為法，如夢幻泡影，如露亦如電。」
2　屠嘉慶跋《劍掃》云：「借君玉屑，飲我清涼。」陸氏《劍掃卷一‧醒》云：「安得一服清涼，人人解醒。」見陸紹珩編著《醉古堂劍掃》（臺北市：老古出版社，1979 年 3 月初版），頁 1。

腸」（〈跋〉），孫致彌《幽夢影・序》亦言：「夢也者，乃其所以為覺也。」

陸氏以夢為適，故云：「小院梨花夢雲。」（《劍掃六・景》）「怡然就夢，醒來都不復記。」（《劍掃七・韻》）張氏以莊周夢蝶為幸[3]，尤嚮往禱祝夢能自主，臥遊五嶽[4]。

陸氏顧影：「花看水影，竹看月影，美人看簾影。」（《劍掃八・奇》）從美感著眼，張氏則由近及遠，鏡中影、月下影、水中影都仔細觀察[5]，得畫師之法。張氏說：「鏡與水之影，所受者也；日與燈之影，所施者也。月之有影，則在天者為受，而在地者為施也。」（《幽夢影》206則）人象、物象、日光、燈光、月光，由點而線，由線而面，由面而體，由室內而水底、地上、天空，觀察入微，經過思考，悟施受之道，鄭破水評曰：「深得陰陽之理。」已自文人的眼界擴展到科學家、思想家的層次。張氏又說：「窗內人於窗紙上作字，吾於窗外觀之極佳。」（《幽夢影》34則）作字是畫，作字者映於窗，是畫；窗外靜觀，讚之於心，亦是畫；讀者冥思默想，於稍遠處看靜觀者，知其妙，復知甚所以妙，如此畫中有畫，畫外有畫，眼中有畫，眼外有畫，心底有畫，腦裡有畫，絕妙好畫不止一幅。透過想像，張氏所就，豈僅是詞客，前身必是畫師啊！

夢影而外，幽之一字，二書俱有取於公安、竟陵。《劍掃》採用五十種書目中的《眉公秘笈》、《三袁文集》固是性靈產物，「參閱姓氏」十四人榜單，陳繼儒即居首位，陸氏提及的湯顯祖、江進之、徐渭、馮夢龍等皆為性情中人。《幽夢影》一〇九則於眉公、伯虎、若

3　《幽夢影》云：「莊周夢為蝴蝶，莊周之幸也。」（21 則）

4　《幽夢影》云：「假使夢能自主，……五嶽可以臥遊。」（30 則）

5　參《幽夢影》一八六則。

士、赤水尤致崇拜親愛之意。[6]

　　陸氏認為「語幽令人冷」（《劍掃卷五·素》），是文章之妙。一再說「幽賞」（卷二情）、「冷趣幽思」、「幽興」、「幽韻」（卷五）、「幽人」、「幽懷」（卷六景）、「幽趣」、「幽暢」（卷七韻）、「幽居」、「幽堂」、「幽花」（卷十二倩），視為高格，直言「幽心人似梅花，韻心士同楊柳。」（卷七韻）涵蓋廣，指涉多，跨越情、素、景、韻、倩五類，幾居全書之半。

　　《幽夢影》131則云：「蘭令人幽。」是幽有「雅」、「靜」、「美」意。張氏言「幽」者雖不多，卻較陸氏深入：「景有言之極幽，而實蕭索者，煙雨也。」（23則）能關顧多種因素和情況。從廣義的角度來看，其書立論以幽為主，「人須求可以入詩，物須求可以入畫。」（14則）「樓上看山，城頭看雪，燈前看月，舟中看霞，月下看美人，另是一番情景。」（28則）「山之光，水之聲，月之色，花之香，文人之韻致，美人之姿態，皆無可名狀，無可執著，真足以攝召魂夢，顛倒情思。」（29則）「以愛花之心愛美人，則領略自饒別趣；以愛美人之心愛花，則護惜倍有深情。」（32則）所謂美人，「以花為貌，以鳥為聲，以月為神，以柳為態，以玉為骨，以冰雪為膚，以秋水為姿，以詩詞為心。」（135則）瓷器「冰裂紋極雅」（143則）園亭妙在「邱壑布置」（148則）「人則女美於男，禽則雄華於雌。（164則）「貌有醜而可觀者，有雖不醜而不足觀者。」（176則）張氏言人、物、景，除形貌之外，尤重韻致、神采、內涵，甚至遺貌取神，以雅為準，重氣質，與陸氏「一掃世態俗情」（自序）相符。

　　《劍掃》分十二類，「情」居第二，實得於湯顯祖，陸氏曰：「明乎情者，原可死而不可怨者也。」《幽夢影》云：「多情者不以生死易

6　《幽夢影》，一〇九則。

心。」（153則）又云：「情之一字，所以維持世界。」（160則）又云：「情必近於癡而始於真。」（67則）與湯氏「生生死死為情」無異，予「情」以至高無上的位置，更透闢的指出：「多情者必好色，而好色者未必盡屬多情。」（130則）既真率的坦言情與美的結合，又理性地警告重感官者未必多情重情。

《劍掃》卷四云：「畢三才之用，無非一靈以神其間。」編集《史記》以降不少的格言、清談、韻語、警句，內容以沖淡、閒靜、真趣為主。《幽夢影》也是性靈之作，論人生、談交友、言藝文、語閒情、讚山水，玄旨妙理，令人細思品味，擊節讚賞，這些靈心妙語，萬古長新，如電光石火，閃耀著智慧的光芒，可謂神來之筆。

「素」在《劍掃》中篇幅最大，著重純樸、清和、天機、遠俗，卷五云：「挾懷樸素，不樂權榮；棲遲僻陋，忽略利名；葆守恬淡，希時安寧；晏然閒居，時撫瑤琴。」以歸隱為尚。又云：「步障錦千重，氍毹紫萬疊，何似編葉成幃，聚茵為褥。」又云：「能於熱地思冷，則一世不受淒涼；能于淡處求濃，則終身不落枯槁。」大樸若雕，至素若華。《幽夢影》亦云：「為濁富不若為清貧。」（37則）又云：「富貴而勞悴，不若安閒之貧賤。」（50則）鄙棄榮利，閒靜中自有真趣，張氏以樸素為佳。

《劍掃》卷六提及美景須「可以詩，可以畫」，唯高人韻士能以片言數語盡之。陸氏模山多於範水，張氏也以山景為主，其《幽夢影》云：「有青山方有綠水，水惟借色於山。」（162則）更進而為居城市者設想：「當以畫幅當山水，以盆景當苑囿，以書籍當朋友。」（211則）鄉居須得良朋，「能詩為第一，能讀次之，能畫次之，能歌又次之，解觴政者又次之。」（212則）都從趣味、韻致來說。

為掃去「面上三斗俗塵」（卷七），陸氏勸人須多讀「天下秘書靈笈」（卷同上），所謂韻在心不在口，在內涵不在外貌，而《幽夢影》

正是一部有韻味的著作，其第八則論節慶云：「七夕須酌韻友」，可見「韻」有浪漫風韻之義，十一則云：「醉月宜對韻人。」，還是有「雅致」義，故十二則云：「對風雅友，如讀名人詩文。」張氏一直將「韻」與藝文連結，「文人之韻致」（29則）。以為植物中「蕉與竹令人韻」（131則），注意到「聲有言之極韻而實粗鄙者，賣花聲也。」（23則）意即字面雖有美感，而在聽覺上卻粗鄙不雅。論姓氏云：「如華，如柳，如雲，如蘇，如喬，皆極風韻。」（55則）純自字義推求思量。

《劍掃》言「綺」云：「朱樓綠幕，笑語勾別座之香；越舞吳歌，慧舌吐蓮花之艷。」（卷九）清麗而不妖艷，風致綽約。《幽夢影》亦云：「月下對美人，情意益篤。」景幽人美，情意越真越厚越深，「若無佳麗，則花月皆虛設。」（188則）人、景、美、韻缺一不可。若單言人，「娛情之妾，固欲其美；而廣嗣之妾，亦不可不美。」（192則）從情愛說到性愛。張氏特別欣賞《詩經・君子偕老》：「胡然而天也？胡然而帝也？」兩句，讚曰：「極美人之妙境。」顯現他的審美觀。

《劍掃》之所謂「法」，即「不偏不倚」、「無所放越」（卷十一），勸人「莫執宋人道學……晉人風流」，合之雙美，分則兩傷。儒道並用：「要入世半部論語，要出世一卷南華。」（以上所引皆見卷十一）即守中庸之德。而《幽夢影》所見亦同：「少年人須有老成之識見，老成人須有少年之襟懷。」（15則）為人不可迂腐：「清高固然可嘉，莫流於不識時務。」（134則）詩不必窮而後工，可「借他人之窮愁，以供我之詠歎。」（219則）張氏博學，又參之以閱歷，不偏不倚，故所著為眾人所樂讀。

以上由書名、內容、文字論證《幽夢影》確有取於《醉古堂劍掃》。

二 《劍掃》編撰的背景、旨趣與體例

南懷瑾曾說：「劍掃集之作者，生平隱約而未詳考。觀諸書序，及其首列諸書目，及審讀者諸人名，應為晚明人士。」[7]任大冶〈劍掃引〉寫於甲子立冬，末署「金陵白雲冷署」，可見《劍掃》梓行於明熹宗天啟四年（1624）南京。汝調鼎與陸紹珩誼屬松陵同鄉，為作序云：「吾邑湘客陸氏，天隨先生世裔也，腹有錦，口有繡，腕有神，具一時之慧眼，廣萬世之婆心，甲子秋，偕予囊寸劍，走秣陵，……三餘之暇，遂以居恒所閱，古今清史，披襟再檢，博觀約取，手錄一編，曰劍掃。」二序比觀，知陸氏胸羅錦繡，能說工文，博覽古今清言，選錄成書，秣陵人何其孝譽為「涉世寄情」[8]之作。

陸氏自序云：

> 余性懶，逢世一切炎熱爭逐之場，了不關情，惟是高山流水，任意所如，遇翠叢紫莽、竹林芳徑，偕二三知己，抱膝長嘯，欣然忘歸。加以名姝凝盼，素月入懷，輕謳緩板，遠韻孤簫，青山送黛，小鳥與歌，儕侶忘機，茗酒隨設，余心最歡，樂不可極。若乃閉關卻掃，圖史雜陳，……每遇嘉言格論、麗詞醒語，不問古今，隨手輒記。……友人鼓掌叫絕曰：「此真熱鬧場一劑清涼散矣，夫鏌邪鈍兮鉛刀割，君有筆兮殺無血，可題《劍掃》。」

陸氏單名珩，字湘客，生性淡泊，喜山水，好遊樂，《劍掃》是編輯之作，而非獨創。由於明神宗在位四十七年（1573-1619），日漸腐化，權閹當國，朝政日非，士氣不振，東林黨人遂起而抨擊。神宗

---

7 見《醉古堂劍掃集》介辭。

8 見〈醉古堂劍掃序〉。

崩，光宗繼位僅一月，服李可灼紅丸，暴斃，太子由校即位，是為熹宗，天啟元年，後金兵取瀋陽，遷都於此；二年，白蓮教作亂；三年，魏忠賢提督東廠，箝制言論，天下噤口，這是《劍掃》產生的時代背景。

汝調鼎序云：「振衣鳳臺之巔，躍足燕磯之流，遠眺鍾山氤氳，近挹桃渡笙歌，目飽心醉。」知陸士薄有資產，得以遊樂，絕非落魄書生、窮途士子。參閱《劍掃》者多至八十四人，足見其交游之廣。

陸氏志在覺世，深慨今世昏昏逐逐，無一日不醉，無一人不醉，趨名者醉於朝，趨利者醉於野，豪者醉於聲色犬馬。」（卷一）為官者貪污腐敗，民間唯利是圖，舉世皆醉皆濁，所以「集醒第一」，期能發揮清涼散解醒的功能。

語云：「當為情死，不當為情怨。」陸氏贊同，認為不死終不透澈，《劍掃》云：「韓翃之柳，崔護之花，漢宮之流葉，蜀女之飄梧，令後世有情之人咨嗟想慕，託之語言，寄之歌詠……湯若士有言：『理之所必無，安知非情之所或有。』又云：『生生死死為情，多情之極，欲生不得，欲死不得，可以生而死，可以死而生。』」（卷二）李贄童心之說，湯顯祖情極之論，是陸氏之所本，但他主張廣義之情，除男女愛情外，還包含親情、友情、人情、世情，且兼容、色、韻、緣而為言。

陸氏雖在自序說「絕不聞戶外事」，實則是一位血性的士人，晚明朝野昏醉，豈能「了不關情」，《劍掃卷三‧峭》云：「今天下皆婦人矣，封疆縮其地，而中庭之歌舞猶喧；戰血枯其人，而滿座之貂貛自若。我輩書生既無誅亂討賊之柄，而一片報國之忱惟於寸楮隻字間見之，使天下之鬚眉而婦人者，亦簽然有起色。」悲憤之餘，祇得以文字喚醒鼓舞，任大冶說他「憫世界之沉迷，而渡之寶筏。」朱錫為作跋云：「字挾風霜，聲協金石。」剛腸苦志，「集峭第三」，期能起

弱立懦。

靈之一字，陸氏以為「千古如新」、「百世如見」、「風雷雨露，天之靈；山川民物，地之靈；語言文字，人之靈。」（所引皆見卷四）與「醒」相通關連，須化俗去偽，脫略世故，隱居遠禍，重自然，反擬古，沖淡閒靜，自得真趣。宇宙奇觀，古今絕藝，足養性靈，「讀書不獨變氣質，且能養精神。」務必「理路通透，不可拘泥舊說，更不可附會新說。」（皆見卷四）謹守中道為宜。

陸氏言素，得之於袁石公，以為無事無欲，反璞歸真，儉淡純潔，「松間明月，檻外青山」（卷五）自足自樂，所謂「清風明月，不用一錢買。」不迷不執，「胸中只擺脫一戀字，便十分爽淨，十分自在。」隨意所在，「俗念都捐，塵心頓盡。」（皆見卷五）自得別趣幽興，此即「隱居以求其道」。

承接卷四、五的「靈」與「素」，陸氏鉤勒了理想中的景致，他說：「結廬松竹之間，閑雲封戶；徙倚青林之下，花瓣沾衣；芳草盈階，茶煙幾縷；春光滿眼，黃鳥一聲。」（卷六）活脫是描繪自然之景的小品文。

《劍掃・景》第一則云：「垂柳小橋，紙窗竹屋，焚香燕坐，手握道書一卷，客來則尋常茶具，本色清言，日暮則歸，不知馬蹄為何物。」野景、村景、山景，風晨月夕，興來獨往。「山房置古琴一枚，……快作數弄，深山無人，水流花開。」（卷六）不假外求，自適自得。

陸氏謂「韻」是去俗掃塵之藥，但附庸風雅者不足與言。清姿雅致，襟韻灑落，清曠不俗，「雪後尋梅，霜前訪菊，雨際護蘭，風外聽竹。」不尚虛禮，「倦時呼鶴舞，醉後倩僧扶。」無機無詐，欣賞的是竟陵之風：「詩瘦到門鄰病鶴，清影頗嘉。」清瘦而外，益之以淡宕：「人有一字不識而多詩意，一偈不參而多禪意，一勺不濡而多

酒意，一石不曉而多畫意。」（皆見卷七）乃知「韻」在心不在貌，在天籟不在人工。

　　卷八「奇」與「醒」相關，因卷一云：「能脫俗便是奇。」卷八又曰：「有一奇文怪說目數行下，便狂呼叫絕，令人喜，令人怒，更令人悲，低徊數過，床頭短劍亦鳴。」是又與「峭」有關。又云：「獨天下之偉人與奇物，幸一見之，自不覺魄動心驚。」雖然偏於陽剛，「聖賢為骨，英雄為膽，日月為目，霹靂為舌。」加上才、識，便是完人。

　　「綺」不僅指紅妝翠袖，聲之韻者，石之俊者皆屬之，「蓮開並蒂，影憐池上鴛鴦；縷結同心，日麗屏間孔雀。」莫不是綺。「養紙芙蓉粉，薰衣荳蔻香。」「鳳笙龍笛，蜀錦齊紈。」無一不麗。「綺」須自然，例如「媚字極韻，但出以清致，則窈窕俱見風神；附以妖嬈，則做作畢露醜態；如芙蓉媚秋水，綠篠媚清漣，方不著跡。」（皆見卷九）是又與「素」有相合之處。

　　「豪」與「奇」相涉，卷十云：「家徒四壁，一擲千金，豪之膽；興酣落筆，潑墨千言，豪之才；我才必用，黃金復來，豪之識。」俠氣、才華、膽識，正是英雄本色，「慷慨之氣，龍泉知我；憂煎之思，毛穎解人。」《劍掃》即以雄奇之氣充盈其中。豪貴自然，「交友須帶三分俠氣，作人要存一點素心。」欲長保意氣精神，「高言成嘯虎之風，豪舉破湧山之浪。」須多讀書，遍遊山川，乘風破浪，歷險窮幽。

　　陸氏深慨迂腐者泥法，超脫者越律，故欲人無過無不及，自能有餘不盡，卷十一云：「寡思慮以養神，剪情慾以養精，靖言語以養氣。」「憂勤是美德，太苦則無以適性怡情；淡泊是高風，太枯則無以濟人利物。」美德高風也不能太苦太枯，同樣，好惡之心不可太明，議論不宜太盡，勸人「性不可縱，怒不可留，語不可激，飲不可

過。」以免起禍端、結惡果。

倩不可多得,「美人有其韻,名花有其致,青山綠水有其丰標。」此外山臞顒士,「當情景相會之時,偶出一語」,亦可得倩。陸氏舉例說,「翠竹碧梧,高僧對奕;蒼苔紅葉,童子煎茶。」此即是倩。明月花影,青山鳥聲,小酌長吟,亦是倩。真機真境、閒中滋味、韻書韻友、幽居清遠、逸趣橫生,「至美無艷」(皆卷十二),正是倩之準則。

總的來說,《劍掃》所選錄的包含了詩、賦、詞、駢文、小品文、對聯、座右銘、警句、格言,其中蘊含幽雅而不枯槁的哲理。

三 《幽夢影》著作的背景、旨趣與體例

《幽夢影》的作者張潮(1650-?),字山來,一字心齋,號三在道人,清徽州歙縣人,康熙初貢生,授翰林院孔目,好學,著作甚多,《徽州府志·人物志》說他有《檀几叢書》、《昭代叢書》、《虞初新志》、《心齋詩鈔》、《友聲集》、《尺牘偶存》、《心齋雜俎》、《奚囊寸錦》等十餘種。

張潮編《昭代叢書》,原僅甲乙丙集,後楊復吉續編丁戊己庚辛集,丁集即有《幽夢影》,但未刊行;道光二十四年(1844),沈楙惪籌資付印,又從中選取六十種而成別集,《幽夢影》在其中。

張氏十三歲治舉子業,後學詩,曾著《清淚痕》[9],他遊歷了很多地方,交遊廣,財力不差,在如皋購置別墅,但遭遇坎坷,康熙三十八年(1699),因事繫獄,終致生計蕭然。

最先為《幽夢影》作序的余懷卒於康熙三十五年(1696),可見

9　吳晴岩評《幽夢影》五九則云:「山老清淚痕一書,細看皆是血淚。」

這本自撰的清言隨筆完成於太平盛世。清初三老（黃宗羲、顧炎武、王夫之）、顏元、閻若璩、洪昇、孔尚任固然影響到他，而晚明對他也有所啟導。

李卓吾反對假道學，三袁獨抒性靈，自出胸臆，湯顯祖主情之說以及晚明偏愛山水、嗜聲色、好飲食、及時行樂的風氣在張氏書中處處可見。

張氏將讀書、文學、飲食、風景和山水結合：「善遊山水者，無之而非山水，書史亦山水也，詩酒亦山水也，花月亦山水也。」（147則）山水能增長學識，飲食、器玩、書畫也是如此，見聞廣博、思想細密是《幽夢影》的特徵。

張氏認為山水、棋酒、花月都是書，更說：「能讀無字之書，方可得驚人妙句。」（187則）悟入始能產生好作品。「發前人未發之論，方是奇書。」（101則）新創是最重要的。三人行，必有我師，友道尤是，「對淵博友，如讀異書。對風雅友，如讀名人詩文。對謹飭友，如讀聖賢經傳。對滑稽友，如閱傳奇小說。」（12則）這譬喻生動有趣。

他進一步說：「人須求可入詩，物須求可入畫。」（14則）有韻味、美感，即是好書。以觀月比擬，讀書有三進程：「少年讀書，如隙中窺月；中年讀書，如庭中望月；老年讀書，如臺上玩月。」（35則）由於閱歷淺深、悟性高低，了解、境界因而有異。

讀書樂，即使讀史「喜少怒多」，但「怒處亦樂處也。」（100則）住城市，宜「以書籍當朋友」（211則）。先讀經而後讀史，「則論事不謬於聖賢」；讀史復讀經，「則觀書不徒為章句（110則）。

張氏認為春雨時宜讀書，「夏雨宜弈棋，秋雨宜檢藏，冬雨宜飲酒。」（86則）氣候不同，休閒方式自然有異。環境不同，審美對象亦應有異：「樓上看山，城頭看雪，燈前看月，舟中看霞，月下看美

人，另是一番情境。」（28則）效果、感受因地因景不盡一樣。

他賞景頗有心得，謂月色「皎潔則宜仰觀，朦朧則宜俯視。」（116則）孔東塘評曰：「深得玩月三昧。」不徒玩味，且富聯想：「因雪想高士，因花想美人，因酒想俠客，因月想好友，因山水想得意詩文。」（40則）最後一句又將山水與書連在一起。

山水、花月較為靜態，配以詩酒、佳麗，就靈動多了[10]。作者喜悠閒自適，以為閒可讀書、遊名勝、交益友、飲酒、著書[11]，天下之樂，無過於此。天籟人籟，足以自樂：「春聽鳥聲，夏聽蟬聲，秋聽蟲聲，冬聽雪聲。白晝聽棋聲，月下聽簫聲。山中聽松風聲，水際聽欸乃聲。」（7則）方不負雙耳。「松下聽琴，月下聽簫，澗邊聽瀑布，山中聽梵唄。」（82則）天、人之異外，背景也不同。聲使人想起遠方：「聞鵝聲，如在白門；聞櫓聲，如在三吳；聞灘聲，如在浙江；聞羸馬項下鈴鐸聲，如在長安道上。」（41則）南京多鵝，三吳多船，錢塘江多潮，長安古道多騾子，引起張氏聯想。

他注重人生哲學，持論圓融不偏頗：「富貴而勞悴，不若安閒之貧賤；貧賤而驕傲，不若謙恭之富貴。」（50則）安閒最可貴，貧賤不足憂，但貧賤者如果驕傲，寧取富貴者之謙恭，是又將謙恭置於安閒之上。又說：「不治生產，其後必致累人；專務交遊，其後必致累己。」（145則）安閒雖可貴，萬勿務交遊，不治生產，懶惰者必累己累人。又說：「為濁富不若為清貧，以憂生不若以樂死。」（37則）清是高格，樂則不憂，但「清高固然可嘉，莫流於不識時務。」（134則）自強自信是必要的，但不可驕傲，所以說：「傲骨不可無，傲心不可有。無傲骨則近於鄙夫，有傲心不得為君子。」（181則）行事待

---

10 參《幽夢影》四○則。

11 全書九六則。

人要正，傲氣不可有。待人須寬和，律己無妨嚴肅：「律己宜帶秋氣；處世宜帶春氣。」（80則）年輕人無妨老成，老年人要熱情進取。經驗、穩重是少年所欠缺的，老年易流於保守固執，張氏都注意到了，他談性靈，卻無意氣浮動的弊病。

張氏守中道：「立品須發乎宋人之道學，涉世須參以晉代之風流。」（155則）規矩而不呆板，洒脫而不蕩檢踰閑，正是《幽夢影》膾炙人口之處。「入世須學東方曼倩，出世須學佛印了元。」（10則）「妾美不如妻賢，錢多不如境順。」（123則）「情之一字，所以維持世界；才之一字，所以粉飾乾坤。」（160則）都是深思熟慮、見多識廣、相當理性的話。更難得還有一些邁越古人、突破傳統、超過時流的見解：「九世同居，誠為盛事，然止當與割股廬墓者作一例看，可以為難矣，不可以為法也，以其非中庸之道也。（170則）大家庭制度須百忍、堅忍、苦忍方能維繫，不足為易法。「貌有醜而可觀者，有雖不醜而不足觀者。文有不通而可愛者，有雖通而極可厭者。」（176則）可見人可醜不可俗，文須真誠不俗。他認為旅遊可提供富貴人作詩的題材，「以所見之山川風土物產人情，或當瘡痍兵燹之餘，或值旱澇災祲之後」（219則）借人窮愁，供我詠嘆，如此就不待窮而後工了。

《幽夢影》體例有一創舉，即於書中夾雜朋友評語，在二一九則中僅四則無評，為書作評的有一百多人。張潮的文字信筆揮灑，議論、抒感多對句排比，是輕靈清雋的小品文。

四　結論

《醉古堂劍掃》從《史記》、《漢書》以至《閒情小品》五十種書籍中摘錄菁華，以意趣相合者分十二類，素部篇幅最大，醒部次之。

醒部居首，峭、靈、法三部又與醒關連，靈關乎峭，景、素、奇俱關
乎素，韻既關乎素又關乎靈，綺與韻通，豪與奇通，倩雙關乎韻、
景，各部皆與醒有關。但界線不清，常相混淆，引例不盡恰當，又多
重複，句讀時有謬誤，排版偶植錯字，可謂純中見疵。

　　《幽夢影》是幽人夢想、才子身影的一部獨創之作，張潮隨想隨
記，有感則錄，先後次序與內容旨趣無關，林語堂《生活的藝術》中
〈張潮的警句〉分十類選譯[12]；呂自揚《眉批新編幽夢影》依文意分
類，編成九卷[13]，便於讀者閱讀。

　　本文首自書名、文字、用詞、內容、思想論證《幽夢影》確受到
《醉古堂劍掃》影響，次則分論二書的背景、旨趣與體例，《劍掃》
成於末世，陸氏雖嚮往山林，仍心繫時事，雄放豪邁之言不少，復濟
以溫柔婉約；《幽夢影》作於盛世，語言、風格多偏於優雅陰柔。至
於情韻靈心與閒雅逸趣則為兩者共通的美學觀。

12　十類即：論何者為宜、論花與美人、論山水、論春秋、論聲，論雨、論風月、論閒
　　與友、論書與讀書、論一般生活。
13　分論才子佳人、人與人生、朋友知己、書與讀書、閒情逸趣、立身處世、文與藝
　　術、四時佳景、花鳥蟲魚萬物。

孕育小小說的母體
——《三六九小報》

前言

　　《三六九小報》創刊號於西元一九三〇年（昭和五年）九月九日發行，而在一九三五年（昭和十年）九月六日出版四七九號後休刊，自始至終都登載小小說，是臺灣最先提倡、宣揚這種文體的，本文將從其五年間所刊登的作品探討、證明其孕育培植之功。

一　臺灣「小小說」之名始於《三六九小報》

　　臺灣最早的「小小說」〈浪漫女〉連續於《三六九小報》創刊號、第二號披露，雖然在題目上冠「短篇小說」四字，但僅千把字，符合霍爾曼（C. Hugh Holman）等人所編《文學手冊》關於小小說的定義：「簡短的短篇小說，長度多在五百至二千字之間。」〈浪漫女〉的作者寒生，就是韓浩川，臺南人。

　　若論名副其實的小小說，當於二十七號（昭和五年十二月六日）第三版求之：

　　　　最小的小說

　　　　　　　　情的落空　　　　　　　　　　　　浚南
　　　　「若果不忘金口約。尚祈半載耐風塵。」病榻中一憔悴青年。
　　　　不住呻吟反覆念著。

「若果不忘金口約。尚祈半載耐風塵。」一少年似嘲似諷對女
郎念著。女郎嗔道。煞風景的話。還說做甚。少年道。這是汝
戀人兩三年前……女郎急道：窮措大。那能在我眼內。不過當
時……

以上原文照錄，連標點符號也未改動，全篇不到百字，加上題目，則
略略超過。

第二十八號三版同一作者「最小之小說」尤短：

兇漢

朝曦甫上。一兇漢滿身污血。向隘巷走。巡捕從後追之。多疑
者語於好事生曰。罪惡不赦之兇漢又殺人矣。

日將夕。兇漢肩空擔歸。途遇巡捕詔之曰。若再為之。不可如
晨之莽。好事生。恍然有悟曰。噫……

較前則更短，只有七十七字。二篇都具備了霍爾曼等所言：結尾有
「扭轉」、「意外」的特性。作者浚南，是譚瑞貞的筆名，廣東人，別
號浚南生，曾撰社會小說《社會鏡》，亦能詩。

在《三六九小報》發表的小小說，字數最少的當數「刀」所作的
〈一笑集〉：

夫　「大凡醜夫多配美妻。」
妻　「君亦無乃自謙過甚。」

寥寥十八字，幽默諷刺兼而有之，夫妻容貌談吐躍然紙上。作者
「刀」即洪坤益，號鐵濤，另有筆名「刀水」等；籍隸臺南，作品甚

多，創刊號的〈發刊小言〉由他執筆：「昔釋尊為弟子講經。至舉似處。輒為拈花之微笑。碧翁與玉女投壺為博。至博負時。亦為閃電之破顏。無言之佛。不落言詮。有情之天。用宣元氣。笑之義。大矣哉。……本小報創刊之緣起。實成於談笑之間。……讀我消閑文字。為君破睡工夫。」他這篇最小的小小說符合了創刊的旨趣。

比〈一笑集〉多一個字的是三九〇號四版的「胡說」〈破涕錄〉：

> 先生　汝等知一年中最長之日乎？
> 生徒　試驗日也。

學生的回答出人意表，讀者莞爾。作者「胡說」於第三八〇號開始以〈破涕錄〉撰寫：

> 甲　夏天日長。冬天日短。此何故也。
> 乙　凡物遇熱則脹。遇冷則縮。夏天太熱。地球膨脹。赤道亦隨之延長。故太陽所走時間自久。

此諷一知半解者之自充內行，末句尤為可笑。作者連續在三八一、三八二號以夫妻、父子對話，亦令人噴飯。又於三八四號以兄妹對白、三八五號甲乙問答幽默演出。三八六號的〈破涕錄〉已流於刻薄：

> 某甲立門內。隔鄰某乙走至問曰。闊字乍樣寫。甲曰門內一虫便是。乙笑曰。領教領教。

在短短三十三字中，「門內」是關鍵詞，言者無心，聽者無意，而閱者無不會意。

作者後來還在三八七、三八八、三九一號有精彩的展示，篇幅皆不足百字，讀者無妨參閱。

二　戲劇化的小小說

　　《三六九小報》以短劇型態呈現的小小說首推第十六號「丁某」〈笑幕　狡猾的兒子〉，這簡短的獨幕劇，人物只有母子兩人，小孩故作神秘，利用母親多疑吃醋的心理，向她騙取四角子，全篇充滿狡獪、逗趣、懸疑的氣氛，最後答案揭曉，原來父親摩托車載的是位「有鬍鬚的老伯伯」。場景是富麗的房間，情節由孩子的口白推衍。

　　第三十五號新年增刊號又推出〈笑幕〉，全文如下：

　　　短劇　　　　　　　　　　　　　　　　　　　　　浚南
　　諷刺劇、唉喔
　　第一幕
　　（佈景）　大旅館之樓上、用內地式的建設
　　（人物）　紳士、時髦女郎、旅館下女
　　紳士　（繞膝而坐、時以手撚其卓必靈式的鬚、以口向女郎耳
　　　　　邊私語）
　　女郎　（俯首若沉思）（頻注視紳士無名指上的鑽戒）
　　下女　（舉步欲入、見門緊閉、作訝異狀、從空隙窺之、很難
　　　　　為情地掩面疾走失口道）唉喔

　　第二幕
　　（佈景）　結婚大禮堂
　　（人物）　司儀人、主婚人、新郎、新婦、來賓（甲乙丙丁）
　　主婚者　（頻注視新婦、現出驚異狀）
　　　新婦　（視線亦頻注視主婚者、急縮手遮掩其指上鑽戒、作
　　　　　　難為情狀）

主婚者不期然而冒失口道新婦唉喔

這諷刺劇突顯人生的荒謬。一個騙情、騙財、騙物的女郎在婚禮上驚愕地發現受害者（紳士）竟是主婚人（可能是新郎的父親、祖父、叔伯、舅父），作者把小說的「巧合」充分利用，已非單純的騙案，而夾雜著情色、物慾、財貨、倫理、婚姻的問題，主婚人必悔恨交加，他和新婦（女郎）的難堪、羞愧無人知曉，且永世難忘。這人間悲喜劇深刻地在荒唐的路上進行，作者寥寥幾筆，將閱歷、見聞、想像、才學呈現於微型短劇中。

第一幕下女的焦點是女郎和紳士，女郎專注紳士指上的鑽戒。第二幕賀客聚焦於新婦，新婦眼中焦點在自己指上的鑽戒，主婚人亦是。鑽戒閃耀著似喜實悲、似笑實哭的光芒。

丁某在第三十八號三版又推出〈寸幕　諷刺劇　分家〉，登場人物為父、親生子、養子，字數更少。

從四十六號至一〇五號幾乎都有〈寸劇〉專欄，分由不同作者撰稿，茲舉六十五號樂天的〈孤注〉：

> 夫　咳！我的病。雖然屬害一點。遲早總會癒的。像你這樣整
> 　　天整夜地憂愁。反正是自討煩惱。究竟於事沒補咧！
> 妻　唉！你免多心吧。我是在追悔。悔不該拒絕我媽的進言。
> 　　倘照她的主張。早一個月。給你上了人壽保險。看到今天
> 　　的病勢。這筆橫財。的確跑不了哩！

還是社會諷刺劇，是家庭，也是個人與社會現象。

再看七十一號蒲溪的〈好大膽〉：

> 甲　老哥。聽說你今次。新從後山歸來。在那處有甚麼希奇的
> 　　事沒有。請你老談一回。讓弟拜聽拜聽。

　　乙　我有一日。在山間被一隻大蟲遇著。那時我手無寸鐵。只
　　　　好提起空拳。向大蟲衝去。當著牠要來咬我的當兒。我就
　　　　將右手去拿牠的下顎。左手捏牠的鼻子。將牠的口大大開
　　　　著。一直到牠餓死之時。我方才放手哩。

形式上是對白，其實是乙自說自話，他吹牛的內容遠較施耐庵筆下的
武松、李逵還要厲害！

　　細心的讀者當可注意到樂天已經用了驚嘆號（！），而蒲溪也知
道用冒號（：）了。

　　第八十四號由「双木生」執筆的〈自由〉，藉由師生、父子對話
二幕，諷刺當時一般人誤解自由真義，是問題劇，也是社會小說。

　　八十九號海客、九十號樂地所作各擅勝場，九十一號的〈親嘴〉
亦由樂地撰稿：

　　母　孩子。汝過來。和隔壁的這位王太太親個嘴。
　　兒　我不要。我不要。
　　母　為甚麼不要。
　　兒　我怕伊的打。昨天我見父親和伊親嘴時。就給伊打了一
　　　　下。

　　短短五十五字洩露了父親與王太太的私密、外遇，童言無忌，無
意中掀起了家庭風波。

　　又有諸羅散仙的〈短幕〉（一百二十七號）

　　地方代表者　我××市內的臺北妓女。不下二百名。若一人一
　　　　　　　　日得二圓。一年有十四萬六千圓。此乃我市年年
　　　　　　　　窮困的原因。
　　　　　　　　自地方經濟而言。須獎勵我市的婦女為娼妓。即

我市漸漸富有。

　　市民　　是。是。不錯。不錯。請汝家的婦女先實行罷。
　　地方代表者……

民意代表良莠不齊，包賭包娼，甚至自己開賭場、妓館，交結官府、黑道，逼良為娼，還立法鼓勵賭博，這些地頭蛇喪心病狂，市民建議他們家婦女率先實行，可謂快人快語，大快人心。

　　不論獨白、對白或旁白，都是小小說的表現技巧之一。

三　笑話是《三六九小報》提倡的重點

　　幸盦在創刊號〈釋三六九小報〉一文中說：「特以小標榜，而致力托意乎詼諧語中，諷刺于荒唐言外。」笑話必然成為小小說的重心。

　　幸盦是王開運的筆名，他以理事兼編輯的身分為文，是具有代表性的，用「詼諧語」、「荒唐言」托意諷刺是編輯的方向之一，因此「新笑林」、「諧鈴」、「屁彈錄」、「一笑錄」、「風鑑笑話」、「諧談」、「說說笑笑」等專欄競相推出。茲各舉一例討論如下：

　　第二〇七號二版「諧鈴」欄「刀」作〈聾佛〉云：

　　師　　「知是知」（音栽）
　　徒　　「獅是獅」（音士）
　　師　　「知是心肝內之知」
　　徒　　「獅是深山內之獅」

師徒用北京話、河洛話雙聲教學，對話內容生動有趣，全文僅二十四字。

一百五十五號四版「說說笑笑」欄：

> 子　父親。我昨天電車中看見一位老婦上車來。我就起身讓他
> 　　坐。
>
> 父　後來你是如何呢。
>
> 子　我就坐在他的膝蓋上。

作者湯相伊以這極短篇寫出兒童已懂得禮讓老人，而又天真可愛。

四百五十六號四版「諧談」欄：

好講壽話　　　　　　　　　　　　　廢人

村有老翁者。擁巨資。兒孫滿眼。可謂福壽双全矣。然有怪癖。平素極忌不祥語。適七十生辰之日。兒輩鋪張揚屬。結綵懸燈。大做其壽。賀客雲集。于是老翁。令兒孫親朋婢僕。凡出口皆要出壽字。眾不敢違。有庖人欲需長板。慌忙不顧前後。喝家人速將壽板持來。賀客一時譁然。

作者諷刺、調侃迷信吉祥語者欲福反禍，求益招損，不應拘拘於隻字、斤斤於一詞。

第三十號二版「新笑林」欄亦以文言書寫：

某處有跳舞變裝會。鐘鳴七下。士女戾止。或幻天仙。或裝神父。五花十色。無奇不有。時有一紳士。亦驅車而至。革靴洋杖。神采奕奕。守門者。竟拒納之曰。本夜為變裝會。君不變裝。故不敢納。紳士笑曰。予正是變裝。蓋予本一市儈耳。今夜因欲赴會。故特借此假面目。裝個紳士。諸君不要認錯。闇者啞然。

作者哈仙，善為滑稽之談，這短篇寫的是化裝舞會，所扮人物多非現實中人，以反常為奇，哈仙卻反奇為常，出乎闇者意料之外。

第五十九號「風鑑笑話」云：

> 有某相士。其招牌大書「善觀氣色相人之貌」往鄉村求相。是日。適大雨淋漓。將招牌上二字洗去。只存「善觀氣相人之」。村中。某小姐。銅雀春深。小喬待嫁。小婢視之。密報小姐道。門外來一位相士。善相婦人秘密處。而小姐深閨待字。試問佳期請他試相後日幸福何如。小姐聞之。面泛桃花。含羞怒道。小婢如此無禮。妾金枝玉葉之身。那堪被他亂相。小婢答道。小姐毋乃癡甚。要他一相只將樓板鑿開一孔。將寶貝向下。他那知是誰。小姐聞之有理。命小婢往請相士。相士入門。視四壁無人。忙問道。是汝要先生相否。婢答非也。先生請看招牌便知耳。果然僅存「善觀氣相人之」。但江湖嘴。胡累累。視樓上一孔。詳細視畢道。掛之在高樓。相之不糊塗。生女做太太。生男做公侯。小姐在上聞之。那時嚶然一笑。小便難禁。將相士醍醐灌頂。其味無窮。相士搔首嘆道。知我者為我心憂。不知我者為我何求。小姐在上答道。晴乾不肯去。直待雨淋頭。

作者林夢梅既謔且虐，相士、小姐、婢女皆遭嘲諷，於相士尤為辛辣、刻薄，讒言狂語，符合「小」字臺音之意。（參幸盦〈釋三六九小報〉）

二五九號二版載擔糞居士「屁彈錄」：

> 某縣以太公孫子將才孰優論為題場中有一文云。太公者。老子之老子。久歷戎行。可以登壇拜將。孫子者。兒子之兒子。人猶乳臭。安能陷陣衝鋒。試官見之大笑。斥其荒謬。然合觀各

卷。半皆曳白。餘亦不成文理。惟此尚能自圓其說。遂拔冠童軍。

誤解題義，拼湊成文之試卷得置卷首，其他可想而知。作者旨在嘲諷科場士子不學無術，考官顢頇無能。

〈一笑錄〉見於一七五號二版：

> 一鄉人齒痛。兩頰腫起。就齒科醫求治。醫命坐。鄉人懼痛。
> 不敢大開其口。醫難之。因暗以針刺其服（按：當作股）。鄉
> 人覺痛。開口大呼。醫乘機下藥。乃問之。是否有痛乎。對曰
> 齒無痛已移在股上矣。不料余齒筋之長。竟串至股也。

作者「鴻」在不到百字的小說中，呈現了鄉村患者懼痛和生理常識的貧乏。

結語

在異族的統治下，《三六九小報》明言「消閒」、「詼諧」，實則意在保存漢文、傳播新知，提倡小小說，談笑間寓至理，濃縮中見菁華，短小精悍，幽微顯明，尺幅具千里之勢。亨利（O. Henry, 1862-1910）、芥川龍之介（1892-1927）、川端康成（1899-1972），甚至更早的中國寓言、笑話、志人小說都對這小報產生了影響，讓臺灣在三〇年代初即於全球漢文小小說中獨領風騷。

自《三六九小報》所載論許丙丁的藝文成就

前言

　　許丙丁是一位博學多能的藝文作家，他在《三六九小報》八號至四七九號發表藝文作品，時間幾達五年[1]，其體製涵蓋詩、小說、笑話、聯語、文學理論、雜文、尺牘、漫畫、常識等，不一而足，是當時很受歡迎的作家，在他數百篇的作品中，《小封神》已編集成書，討論者眾，不在本文研探範圍之內，茲先述許氏生平，次將其所作分類、論述、評價。

一　許丙丁的生平經歷

　　許氏原籍海澄，父名賽，在臺南祀典武廟前以販油為業，又於米街（今臺南市新美街）做鴉片小賣，不幸早逝，時丙丁年方十一，賴母親陳氏撫養成人。

　　他生於一九〇〇年陽曆九月二十四日，幼時在大天后宮旁私塾從朱定理、石偉雲二先生習漢文。弱冠之年考取「臺北警察官練習所」特別科，任臺南州巡查，先後在新豐郡巡查部、嘉義郡警察課司法室

1　許氏在《三六九小報》八號首載〈新聲律啟蒙〉（用麻雀成語），是號發行於昭和五年（1930）10 月 3 日，最後在 479 號（昭和 10 年 9 月 6 日）的作品是〈三六九小智囊〉和《蜃樓花月》。

服務。由於屢破奇案，一九三四年十一月調升臺南州刑事科巡查部長，第二次世界大戰末期辭職。

　　一九四五年十一月，任臺南州接收委員會幹事，協助接收警務部。翌年三月，當選臺南市北區第一區區民代表、臺南市第一屆參議會議員。其後曾任第七信用合作社理事主席、臺南救濟院董事長、臺南汽車客運公司常務監察人、臺南市文獻委員會委員等職，且在「臺南廣播電臺」主持臺語節目。他的文學活動始於一九二一年六月在《臺南新報》發表舊詩，稍後應邀入「南社」。一九二三年四月，與部分年輕社員另組「桐侶吟社」，設址在三四境（今臺南忠義路）的「同裕當舖」，每月擊缽，詩藝因而大進，擅長七律、七絕。

　　舊詩之外，亦能文，喜漫畫，常在《三六九小報》、《臺灣警察時報》、《臺灣警察協會雜誌》、《臺南文化》撰稿。一九五一年，倡組「延平詩社」。又為歌謠作詞，粉墨登場，喜南腔而善北調，與名伶戴綺霞[2]合演「四郎探母」、「紡棉花」。

　　許氏古道熱腸，推動劇運不遺餘力，成立「天南平劇社」，且資助許石、吳晉淮、文夏出國，辦演唱會，又為公益事業奔走效力，於一九七七年謝世。

　　其著作印成單行本的有《小封神》、《實話探偵秘帖》、《楊萬寶》，以下將他在《三六九小報》刊登的作品分四類探討。

2　北平人，祖籍杭州，幼習花旦、刀馬旦，年十八在南洋演唱，回國後於京、滬、青島巡迴演出。擅「木蘭從軍」、「梁紅玉」、「賣油郎獨占花魁」。到臺灣後入「大鵬空軍劇團」。九十歲大壽，親演「穆桂英掛帥」，過三年演「貴妃醉酒」，至九十四歲還能踢腿、啣杯、下腰，2011 年 12 月 25 日以九十四歲高齡與曹復永、周陸麟合演「貴妃醉酒」，申請金氏世界紀錄，有「平劇皇后」之稱。

二　許丙丁作品分類

　　許氏以丙丁、肉禪、肉禪庵主、綠珊、綠珊庵、綠珊庵主、綠珊庵主人、綠珊莊主、鏡、鏡汀、許鏡汀、默禪庵主之名在《三六九小報》大量發表作品，膾炙人口，風行一時，茲分小說類、詩歌類、雜文類、知識類及其他論述如次：

　　小說類包括長篇小說、小小說等，長篇小說有《小封神》、《蜃樓花月》、《夢想》三種。《小封神》是滑稽童話，自五十號開始連載，至二〇二號結束，中間五十一、五十三、五十四、六十二、八十九到九十五、一九四到二〇〇號沒刊，但首尾完足。《蜃樓花月》和《夢想》皆為社會小說，俱未登畢，前者連載八章二十七期，分刊於九三六（昭和9年11月19日）、三九七、三九八、三九九、四〇〇、四〇一、四〇二、四〇三、四〇四、四〇五、四〇六、四〇七、四〇八、四〇九、四一〇、四一一、四一二、四一三、四一四（昭和10年1月26日）、四一九（昭和10年2月13日）、四二十、四二一、四二二（昭和10年2月23日）、四二六（昭和10年3月9日）、四二八（昭和10年3月16日）、四三七（昭和10年4月16日）、四七九號（昭和10年9月6日）；後者登在二二二（昭和7年10月3日）至二二四、二二九至二三二、二三六、二三八、二四〇、二四一號（昭和7年12月6月），凡三回十一次[3]。

　　許丙丁的小小說首次登於十三號，題為〈吐龍涎〉，次為〈寸劇〉（338、357、359、454號），再為〈諧談〉（459號）。笑話也可歸於此中，例如四六七號〈諧談〉，以其篇幅短小，又有故事情節；一〇八

3　第三次登於224號，但229號也標為（三），至241號標作（十），應是（十一）之誤。

號〈嫖魯論〉具諷刺功能。

詩歌類包括詩詞、詩話、對聯、聲律,其詩首見於二十一號,後偶見於四十七、八十五、一四○、一七四號,詞則為〈花叢小記〉的〈減字木蘭花〉。詩話如二十九號的〈歪詩話〉、二二四、二二八、二二九、二三○、二三一、二三三、二三四號〈詩話集錦〉。對聯有〈花界聯話〉(44號)、〈春聯誤片〉(48號)。聲律如八號〈新聲律啟蒙〉等。

雜文類包含尤廣,如三二五、三二八、三二九、三三○、三三二號〈綠珊盦雜綴〉、三二六〈人間萬事麻雀牌〉,三六三至三六五號〈菊花史片〉、三七四號〈杜鵑考〉、四六三號〈萬事塞翁馬〉、三二五號〈花叢小記〉等。

知識類從醫藥、麻將、常識、小智囊、小辭源到宇宙之大、一物之微都有著墨。

以上各類之外,漫畫、新尺牘、三三一號〈人物之委屈者〉、三三四號〈物之受束縛〉、三四○〈物之幸運者〉等則與第四類一併研探。

三 小說類探析

(一)長篇社會小說

1 《夢想》

從昭和七年十月六日刊出,時刊時停,僅十一次即告夭折,第一回回目是「呂真仙點化先前事 錢浪子初試身外魂」略言宿命之理、命運之道,隨敘重富城欺貧村「有一個錢不肖」,其父錢員外,綽號錢不倫,刻薄成家,在不肖彌月時「宰牛殺豬」慶祝,卻因失火「把幾座高樓及家伙燒得乾乾淨淨去了」,只好「變賣幾甲田業」,不肖之

母「因產後受驚，呻吟數月」而亡，錢員外憂鬱成疾，「亦就往鬼門關裡去了」，「剩下幾頃田」被親戚吞沒，不肖無以為生，至宅村北百餘里的八仙山祈求呂祖救命，得受二十四字真言。

第二回述錢不肖認為「醫師的生活是頂上的」，因念真言，忽然一陣迷暈，定神後發現自己變成醫師，患者「都呼他安先生」，不久進來一位女士黎笑笑要求墮胎，繳五百金，安先生把門扇放在她腹上，「極力在上面壓迫」，遂至氣絕。警察廳「認為是誤傷致死」，當即將他扣押。（豹變通時懸壺濟世　草菅人命入獄遭刑）

第三回敘犯人趕緊念二十四字真言，暈迷過後，發現「身坐在一所洋樓臥室內」，靈魂附在徐歌簫徐百萬的三姨太身上。因徐老爺最近迷上捧茶女花艷春，所以家中常不得安寧。原來花艷春與城北大學文科生朱紫貴戀愛，父親反對，只好到金谷園打工，「把收入的薄資皆周助朱紫貴」，對徐歌簫「假獻殷勤」。一日，大太太同二姨太合打三姨太，丫嬛翠菊助三姨太，不防三姨太將大太太一拳打死，急同翠菊逃離徐宅。（玉樓人靜芳心搗碎三姨太　密窟春深愛慾沈迷四老爺）

作者在未完成的三回十一號中就花了約十分之一的篇幅闡釋宿命論，他杜撰錢不肖這個不認命的人物想追求富貴，連其出生地都喚「重富城欺貧村」，在家道中落後，哀求呂祖授「點石成金法術」，呂祖認為他無富貴相，僅教求「食祿」的咒語。

錢不肖錢浪子念咒成為醫師，雖魂附安先生，但無醫術，復無醫德，終於鬧出人命，鋃鐺入獄，為了逃命，又念二十四字真言，魂附徐百萬的三姨太，卻因打死大太太而逃離徐府。作者寫到這裡，戛然而止，未再續刊。

從人名、綽號、地名來看，作者顯然有意塑造典型的環境和人物，例如富貴城、欺貧村、金谷園、錢不倫、錢不肖、錢浪子、黎笑

笑、徐歌簫、徐百萬、朱紫貴、花艷春，或具強烈的意義，或有對比
的功用，「安先生」則有反諷的味道。

其次，在杜撰的地名、人物，虛構的故事、情節外，充滿現實
性，臺灣人生育彌月之慶的熱鬧、洋樓、灶腳、員外、百萬、先生、
食祿、搜查課長、破格貨、著驚都符合當時的用語。

真言、城北、老爺、三姨太、丫嬛、呂祖、鬼門關、玉樓、宿
命、命運、富貴相是傳統詞彙。作者用了不少諺語，如「千算萬算不
及天一劃」、「萬般都是命，半點不由人」，「死生有命，富貴在天」、
「敢死不驚無鬼通做」、「好事不出門，惡事傳千里」、「閻王註定三更
死，誰敢留人到五更」、「食沒得頭家窮，勞沒得僕奴死」、「冥不知
冥，日不知日」、「三十六計，走為上策」等，讓文字更為生動。

再次，作者常現身說法，先言命理，然後說「唯有自力可支持可
創造我們的幸福，……作者雖然平生此樣主張，奮鬥二十餘年，結局
猶是吳下阿蒙，豈亦受宿命所支配嗎。」（222號）接著又批評醫師：
「人病了就是任憑醫生怎樣打算，患者是不可抗力的，又大模大樣標
榜仁術，其仍是恣重藥價，想築幾座大洋樓，享受幾個嬌妻美妾。」
（229號）頗有說書人的樣子。

作者將小說題名《夢想》，似是虛構，卻以虛寫實，以幻說真，
將錢不肖初次魂附對象設定在安先生身上，極寫蒙古大夫的草菅人
命。

作者讓錢浪子第二次魂附三姨太，描繪大戶人家的醜惡、不和、
鬥爭，兼敘官場貪婪、歡場虛假，作者下筆辛辣，描摹入微，觀察深
刻。

2 《蜃樓花月》

故事背景為十九世紀末的舊都臺南，「離臺南府數千里（按：當

是「數十里」之誤），有一所鄉村，村人皆靠漁業度日，村面鯤鯓海，所以村名稱鯤鯓」（396號），村中小街「張燈結綵，揭揚國旗，紅男綠女扶老攜幼，手持小國旗，盛裝整列恭恭敬敬，立在路旁。」（引全上）原來是歡迎安南國稅務司長，不巧魚行小夥段逢奇自轉車撞倒他，遭青年團員毒打。原來這位司長在臺南留學幾年，因而「有今天的地位」。他是鄉里金員外的長公子，名喚顯耀。

逢奇心中不忿，途遇表妹玉蘭，告訴她有意至府城發展，不獲贊成，原來她出生彌月，父母雙亡，由大姨（逢奇母）接來撫養。兩小無猜，耳鬢廝磨，情苗暗生。逢奇為求「一官半職」，決定不告而別，深夜偷偷離家。

一到府城，就碰上騙子黑衣漢，銀包全被偷摸，盤纏罄盡，只好到摩托車講習所，經三個月領到文憑，在「天池摩托車公司」做運轉手，第一個月領了五十圓薪金，趕忙往銀座街買布料和妝飾品，準備送給母親和玉蘭。

第二天照樣行駛，碰到一位醉漢掏出五十元，要他找回四十七圓，因為「轉運時間一點鐘，車資要三元。」沒想到逢奇換零錢的途中，金票吹下運河，結果被解職了。

第二天，到河邊散心，僅存的五角銀又從破口袋掉入運河，嗟歎自語，幾個船夫笑他神經錯亂，引起毆鬥，驚動船長游海角，請他當船夫，駛向打鼓港，上岸後，帶他到杏花樓，聽雪月花為大家唱〈煙花懺〉，正飲酒作樂，忽見秦小二氣喘吁吁跑來報告：船上走私的禁制品阿片、鑽石全遭偵探沒收，三人不敢回船，在杏花樓過了二個月。一日逢奇、海角、雪月花至西灣海水浴場做「無米樂的清遊」，她見逢奇「朴實可欺，今天要銀子，明天要衣裳」（413號，第5章18），薪金漸盡，就冷淡了，兩個男人只好到石灰會社當工人，將工資交給她，她又春風滿面了。

　　恆春來了一位財神，揮金如土，她將「金錢一概提供海角揮霍。」（414號，5章19）逢奇猛然醒悟，揚長而去。「在壽山不動椅過了一夜」（419號6章20），身無分文，決意跳海自盡，千鈞一髮之際，突被人抱住，原來是金員外次子能語救他。

　　金能語組織紡織會社，來壽山附近視察工場用地，適巧經過，問了原因，請他當社員，並掏出五十圓當生活費用。

　　各建築組頭聚集在紡績事務室，「聽逢奇說明建工廠的樣式並圖面」（420號6章21），晚上鯤溟建築會主事高大廈來訪，請他漏洩工事預算，遭他拒絕，大廈謂若得「請負」[4]，必給他二成重謝，他遂說出預算是「二萬五千圓」（421號，6章22），高千恩萬謝去了。

　　逢奇暗思昨天險葬魚腹，今日卻一句話可得四、五千圓，如在夢中。旋任書記，不到半年，擔任社長的金員外時運亨通，會社利益數十萬圓，飽暖思淫欲，令庶務課長言必順選任柳笑月當社長女秘書，又要逢奇替他牽線，遭到推絕。逢奇密告笑月，囑她小心。

　　言必順設計要笑月赴觀濤福客寓與社長議事，遭社長調戲，他峻拒逃出，卻被必順「拉入宅內，正在危機一髮間」（479號，8章27），行文至此小報停刊，《蜃樓花月》無法續登。

　　這篇長篇社會小說起始即將主題點出：府城臺南「經幾何時，全盛的面影沒落，天時人事同是一樣，恰像那蜃樓中的花月，頃刻間一場煙景沒有蹤跡可追尋了。吁，富貴繁華，畢竟一場春夢而已。」（396章1章1）

　　作者為人物取名皆有寓意：段逢奇屢逢奇遇，游海角行船天涯，雪月花花容月貌雪膚，金能語會講話，高大廈高樓大廈，言必順對上司言必順從，讀者一看即知其個性。

4　得標承包之意。

　　作者經驗豐富，見多識廣，熟知黑白兩道，藉漁村純樸青年至都市謀求發展，在情節中刻畫騙徒、富豪、船夫、運轉手、酒女、職員、工人、庶務的嘴臉，將各行各業的黑暗、冷酷、巧詐盡行暴露，官商勾結、情色設計、競標、回扣、走私在其筆下揭發出來，似是蜃樓花月，卻是社會寫實。

　　揭露之外，作者對現實社會有極嚴厲的批判：「都市不過是極激烈的生存競爭的舞臺，都市人為著延長自己的生活，把道德是什麼，義理人情是什麼，概不懂了。共存共榮的念頭，亦丟在天外去。總講都市人的主義，是寧可負人，不可人負我的心理。坦坦的路，巍巍的樓，外觀卻是繁華，其實聽不盡失業者的哀聲，觀不盡勞動者的窮狀。」（401號，2章6）「大凡世上的資本家，大半都是沒有淚沒有血，那管你沒有飯食。」（406號，3章11）作者可能顧慮不太含蓄，流於說理，遂在小說中置入歌曲，民間的〈紡織歌〉，作曲家的〈煙花懺〉，增強故事氣氛，讓情節更加活潑生動。

　　大致而言，《夢想》與《蜃樓花月》題目雖虛，人名雖假，取材必是真真實實，在《三六九小報》刊載，時斷時續，諒是作者太忙，備多力分，無法全力經營。

（二）小小說

　　刊於十三號的〈吐龍誕〉二則是「風俗壞亂」，「有算無除」，舉前者於下：

　　　　巡捕　「你不可在此釣魚！」
　　　　釣者　「我不是釣魚，是使蚯蚓游泳的，無奈那個魚兒偏要吃他的。」
　　　　巡捕　沉思一番，「那個蚯蚓給我看。」

> 釣者　「你看吧！」
>
> 巡捕　「這個蚯蚓脫的赤條條一絲不掛，有紊亂風俗，我要將他檢事去」

釣者狡辯，巡捕更是強詞奪理。

三三八、三五七、三五八、三五九、四六四的「寸劇」欄，許丙丁都有作品登出，題目分別為〈是父是子〉、〈十日黃花〉、〈當務之急〉、〈不在腦中在囊中〉，茲舉最末一則於後：

> 甲　「萬事一經記入我們的腦裡，就很難忘掉。」
>
> 乙　（作敬服狀）「既如此，前日君所借的十元，怎麼忘記呢？」
>
> 甲　「牠是沒有記在腦裡，置在我的衣囊裡。」

賴債的人假稱遺忘，理由說詞並不高明。

四五九號「諧談」欄撰〈龜齡鶴算〉云：

> 某甲有季常癖，妻常有外遇，佯作不知，甘戴綠頭巾。其某友欲諷刺之，乃向某甲曰：「觀君相貌壽可至千歲。」甲喜問何所見耳，有人曰：「嘗聞：龜齡千歲，鶴齡百歲。今日君具有龜相，故及云。」

尖酸刻薄不含蓄，了無餘味。

四　詩歌類探析

許丙丁刊登在《三六九小報》的舊詩首為二十一號的〈登樓〉：

> 石井雄風今已休，峻嶒空有赤崁樓，登臨無限滄桑感，破碎江山寸剪牛。

這是留青吟社擊鉢吟所選，首句「石井雄風」指鄭成功英風，因為他是泉州南安縣石井人，次指其登陸鹿耳門，包圍普羅民遮城（即赤嵌樓），荷蘭人投降，用「已休」、「空有」慨歎雄風不再，峻嶒已無。後半抒登臨有滄桑之感，臺灣在日人統治下，江山破碎若牛皮寸剪，末句化用荷人以一張牛皮誑騙原住民建城的典故。

　　四十七號次韻王大俊[5]之作不佳，八十五號「曾北聯吟會」擊鉢，題為〈檳榔樹〉，錄丙丁所作如下：

> 栽培十載綠森森，子結奇香不異尋，莫笑瀛壖爭咀嚼，美人皓齒愛紅深。

前半寫十年栽培，結子奇香可口，後半言臺人嗜食（瀛，海也；壖音ㄖㄨㄢˊ，河邊地，指臺海，引申為臺海人士），連女性也以染齒為美。

　　〈柳軒小集送王亞南先生歸國〉（140號）云：

> 三淺蓬萊事有無，網珊歸去客帆孤，嵌城花月春申景，留與王郎作畫圖。

中國書畫家王亞南來臺，與臺南文士晤談甚歡，離臺時，眾人為他餞別，謝國文、吳子宏、王開運、許鏡汀（丙丁）等吟詩惜別，詩中「蓬萊」指臺灣，「客帆歸」意味亞南一人歸國，孤寂無伴，別意更濃，離情倍淒，第三句將臺南與上海連結，諒在其畫中必有題材、景點、永不磨滅，長留畫壇詩界。

　　一七四號刊出許氏頗有創意的「二十字詩」三首：

5　王大俊（1885-1942），臺南北門人，為嶼江吟社、蘆溪吟社、白鷗吟社重要成員，有《王大俊詩稿》。

三六九小報

小報材料愈奇，一月發行九期，如何人人要買，便宜。

富豪家

剋薄百萬巨資，慈善慘出半厘，一生所幹何事，細姨。

兄弟

兄弟應該合和，見利大家操戈，畢竟何人作弄，老婆。

每首前三句六言，顯係受谷永[6]、孔融六言詩影響，但在第三句和末句「二言」用歇後體，頗似打油詩，仔細吟味，亦有至理。作者在詩序中說：「緊縮時代，各界赤字問題蜂（當作蠭）起，至於詩界亦提倡減字，今將絕詩約節，成二十字詩，聊以博讀者一粲，並祈入會。」不減詼諧幽默本色。

許氏學古人填詞之作不多，其〈減字木蘭花〉云：

嫣然一笑，不是無情。喜相見眉眼分明，贏得紅樓燈談青。紗窗疎雨，細訴飄零兒女事。一枕支牀夢未成，已曉鐘聲。

這首為藝妓郭來富而作，以「嫣然」和「媚眼分明」讚其秋水含情、笑容迷人，後半抒情，寫其身世，調轉淒咽。

許氏詩話之作首見於二十九號，記其友福庵「性詼諧，多藝多能」，偕吟友涉足花叢，詠娼妓云：「二圓足足勝腳梢，紳士鱸鰻一例交，十四磅空來此轉，隨身只帶肉皮包。」諸友和韻，皆「不能似其天衣無縫也。」

又同某生往新町酒杯亭，見藝妓招治與優伶戀戀不捨，作詩謔

---

6 谷永，字子雲，原名並，通京氏易，漢成帝時任北地太守，官至大司農，首創六言全篇，《漢書》卷八十五有傳。

之：「謔云人客盡雞規，亦有青頭一大堆，稻尾戲班來刈去，即時封汝做王妃。」蓋妓常鄙某生「雞胃無纏頭錦」，而優伶常扮皇帝，「作客為之一笑」。二詩皆用臺語俚諺，自然天成，以下一首亦是。

福庵偕候補甲長登宜春樓，贈其愛妓，題壁云：「招牌高掛在宜春，日日燒香去下神，但願阿郎昇甲長，奴家隱（當作穩）當作夫人。」許氏云：「昇甲長，做夫人，不即不離，一時為人傳頌。」臺語「下神」意為「求神」。謔而不虐，才思敏捷。

刊載二二四、二二八號的〈詩話拾錦〉謂讀歷朝詩話，「中有奇警、香豔、渾厚、詼諧可取者」，錄數則如下：

孫仲益〈過楓橋寺詩〉云：「白首重來一夢中，青山不改舊時容，烏啼月落橋邊寺，欹枕猶聞半夜鐘。」許氏謂「鼓動前人之意。」

郭功父和李白鳳凰臺詩云：「高臺不見鳳凰遊，浩浩長江入海流。舞罷青蛾同去國，戰殘白骨尚盈邱。風搖落日催行棹，潮擁新沙換故洲。結綺臨春無處覓，年年芳草向人愁。」許氏評曰：「真得太白逸氣，其母夢太白而生，是其後身邪？」

許氏又載《老學庵筆記》與《存餘室詩話》敘及的〈中酒詩〉。他認為詩人志向不同，如題漁父之作，「有美其山水之樂者，有憫其風波之苦者」，前者如陸龜蒙、鄭谷、祝希哲，後者如李東陽、唐伯虎、文徵明，「屬意雖不同，而寫景詠物，皆得其妙也。」此錄自《烏衣佳話》。又錄《堯山堂外記》，略謂明太祖微行，入酒坊，遇一監生，與生對席，問其里居，重慶人，帝因屬句曰：「千里為重，重水重山重慶府。」生應曰：「一人成大，大邦大國大明君。」又舉翼几小木，命賦為詩，應曰：「寸木元從斧削成，每于低處立功名，他時若得毫端用，要向人間治不平。」帝喜，翌日召生，命名按察使。以詩得官，其際遇可云幸矣。

許氏錄《山房隨筆》四則，第三則載元遺山妹「文而艷」，張平章當揆欲結秦晉之好，往訪，見其自補天花板，贈張詩云：「補天手段暫施張，不許纖塵落畫堂，寄語新來雙燕子，移巢別處覓雕梁。」知她拒絕，慚惶而退。

許氏引《南濠詩話》曰：「昔人詞調，其命名多取古詩中語，如〈蝶戀花〉取梁簡文詩：『翻階蝴蝶戀花情』。〈滿庭芳〉取柳柳州詩：『滿庭芳草積』。〈玉樓春〉取白樂天詩：『玉樓宴罷醉和春』。〈丁香結〉取古詩『丁香結恨時』。〈霜葉飛〉取老杜詩：『清霜洞庭葉，故欲別時飛。』〈清都宴〉取沈隱侯詩：『朝上閶闔宮，夜宴清都闕。』其間亦有不盡然者，如〈荔枝香〉、〈解語花〉，一出《唐書》，一出《開元天寶遺事》。」言詞調源流出處，甚得其要。

許氏《詩話拾錦》續引《南濠詩話》論元人詩，涉獵頗廣。他續詩話的札記，僅寫了七期，至明初而止，因事忙，難以為繼。

續述其對聯，即四十四號的〈花界聯話〉和四十八號的〈春聯談片〉，前者凡七聯：

1. 畢世為人只憑著兩條大腿
   半身衣祿全靠那一口小田

蓋名士為妓介福而作，拆字極工巧。

2. 那個東西雙平掽
   染來惡毒遍身絨

社友榕庵為嵌南名妓掽絨而做，既謔而虐。

3. 婀娜步卻迴波女
   網密情添一縷絲

許氏謂花花世界生為阿罔作聯，以名字同音嵌入，可謂傑作。

　　4. 盡道美人宜燕瘦
　　　　我非天子愛環肥

乃吳耐叟為碧雲作，「蓋妓環態嬌憨」，巧而有意味。

　　5. 雲雨未醒神女夢
　　　　英雄難過美人關

是榕庵贈雲英的，諷其作嫁數次。

　　6. 芍藥不應花相屈
　　　　先人醒待玉皇來

社長趙雲石贈妓芍仙。

　　7. 闌平碧玉都成字
　　　　樂府青溪舊有名

　亞妹為旗亭翹楚，性風雅，香閣多懸書畫，不知何人手筆。
　「雜俎」中的〈春聯談片〉云：「聯語有門聯、楹聯之稱，……考其沿革，門聯在先，據梁章鉅《楹聯叢話》所云，則始於五代時也。……吾臺習俗，於歲除日，榜戶春聯，……聯語多無一定，大抵以意義切貼，字句自然為佳，對仗之巧次之。」（48號）接著許氏舉涉遊戲二聯談助：
　首先他說趙甌北曾將賈島詩：「鳥宿池邊樹，僧敲月下門。」一聯作春聯，僅僅誤與一尼，見者莫不絕倒。
　又說貢生蕭聯魁玩世不恭，除舊日眾人爭以春聯首書，鄰翁某甲富而不德，亦來求聯，即書「居家只有天倫樂，處世惟宜地步寬」付

之，「翁洋洋得意，榜貼門戶。」聯魁偷偷向人說：「處世惟居家只，諧音作『聚細姨與家姊』，連及下四字讀之，成為『與家姊有天倫樂，娶細姨宜地步寬。』是諷其與胞姊有私，其妾多有外遇之意。」許氏以為「謔而虐」，其實已流於尖酸刻薄，失敦厚之旨。

最令讀者絕倒的是第八號的〈新聲律啟蒙〉：

> 南對北。西對東。白版對紅中。平和對暗降。五索對三桐。三仙會。一條龍。春夏對秋冬。無臺食邊搭。有勢贏全蓬。青猴搶到賠後刈。戇虎折對等中空。一色難成算點開門無著向。三環未透清牌上手又連莊。

五　雜文類探析

〈綠珊盦雜綴〉所言頗雜，例如農曆三月十九日，臺人以為太陽真君聖誕，許丙丁謂「明崇禎帝殉國之日」，百姓「假言太陽星君誕日，家家望空焚香禮拜，復編太陽經持誦，其首句曰『太陽明明諸光佛』，諸朱諧音也。」（325號）民間稱此日為「陽光忌日」，實是懷念悼祭明思宗崇禎皇帝。

許氏曾作〈盂蘭盆詩〉：「勝會傳來傚故唐，家家典祭肉林張，人間一樣飢餓苦，底事施陰不濟陽。」前二句敘中元普渡之鋪張，後半寓「不問蒼生問鬼神」之意。他批評「每戶花費數百元，皆不吝嗇，然而親朋欲求一飯，頗呈難色，足見人媚鬼心重也。」（325號）真具悲天憫人胸懷。

作者因讀〈薄命詞〉中有「為問生身親父母，賣兒還剩幾多錢？」二句，而云：「吾臺多有人身買賣，以幾百金賣盡人生青春幸福，……願早為改革。」（325號）可謂菩薩心腸。

〈雜綴〉又言臺南某處盛行弄後庭：「每夕陽西墜，弄首搔姿」

（328號）社友懺儂作詩曰：「陰陽反背劇堪哀，疑是前身鬼擲來。美貌曾誇林二舍，艷名爭說老三才。是男是女渾難辨，行雨行雲不受胎。一夜春心接不住，街頭巷尾獨徘徊。」今之同性戀尤盛於昔。

許氏喜票戲，對歌劇〈山伯英臺〉曾加考證，又言城隍由來，引《禮記・禮運》：「天子大蜡八，水庸居七。」謂天子歲末祭神，「其中水庸及城隍祭祀有七」，《北齊書》載慕容儼禱城隍得佑，「唐張九齡有〈祭城隍文〉」，唐愍帝清泰間封城隍王爵，「始有城隍爺之尊稱。明初朝廷令府縣一律築壇虔祭，加封府城隍公爵威靈公，城隍侯爵綏靖侯，縣城隍伯爵顯佑伯，迨及清朝各地方官奏請列祀典，建廟官祭云。」（以上所引皆見329號）頗得其要。

〈雜綴四〉記臺灣婦女纏足者已少，誠可喜，「考究三百年前荷蘭人所繪之玻璃美人悉皆纖小細足，然而粵族蕃人皆不纏足，可證此風唯漢民族最盛。」（皆見330號）這種殘酷風習經日人禁止，頗著成效。

〈雜綴五〉載臺南林氏好、新竹純純所唱〈紅鶯之鳴〉、〈跳舞時代〉云：「別開生面，雅有奇趣。」錄於「造曲盤」[7]，歌曲聲調詞譜文句漸變。

繼言旅遍全臺，各地點心不如臺南價廉味美，並舉「擔仔麵賣麵路、賣麵芋頭、肉粽吉、菜粽戀、油飯九仔、麭仔祿、米糕文仔、煙腸九仔、魚圓湯賞仔」（332號）尤擅特長，精心鬥角，有口皆碑。

三三五號記新寶美藝妓郭來富，「稻江日新町人，環態嬌憨」，其父商戰奔北，鬱悶而卒，老母稚弟「無術糊（當作餬）口」，只好至「同聲俱樂部跳舞，舉步艷冶，……天生眉修眼媚，一雙秋水婉轉含情，當其回眸凝睞，任是鐵漢金剛，亦傾倒于石榴裙下矣。」因為譜

7　即唱片。

〈減字木蘭花〉。

〈人間萬事麻雀牌〉說：「人生活在世上，除爭名奪利榮枯得失以外，就沒事幹。據我看起來，四圈的麻雀，除爭贏奪勝以外，也就沒有甚麼趣味，所以一百四十四塊麻雀牌，四圈的交鋒對壘，可表現人生五十的哲學。」認為一切是「時也命也」，贏莫喜，輸莫氣，「循環還到你」。

許氏以為未成局前，「還有你兄我弟」，方位安定，「只是贏字記在腦裡」，「利益當頭那就把五倫仁義丟在一邊去」，鈎心鬥角，「四個人的心理，難道不是生存競爭的縮少（當作小）圖嗎？唉！果真人間萬事麻雀牌。」（329號）比喻貼切，議論中肯

三六三至三六五號言菊，其〈菊花史片〉謂臺灣「藝菊者多，東籬西圃，紫白緋黃，類出數百餘種。」且舉〈離騷〉「夕餐秋菊之落英」一句，以為「可做藥用」。魏文帝以菊贈鍾繇：「輔體延年，莫斯之貴。」鍾會曰：「杯中體輕，神仙之食也。」陶潛亦云：「菊解制頹齡。」獨愛白菊。黃菊之外，王嘉《拾遺記》云：「背明國有紫菊，謂之日精。一莖一蔓，延及數畝味甘，食者至老不饑渴。」《神鏡記》亦謂源山有紫菊。許氏將上古至唐列為第一期，菊作藥用，且可觀賞，但品類少，多野生。宋朝見栽藝於園，用芽接法，造出變種，多出紅菊，赭色、粉紅，甚至有幹高一丈者，而臺灣獨盛。

由花而禽，許氏撰〈杜鵑考〉，引〈成都記〉、〈寰宇記〉以為蜀望帝杜宇精魂所化，乃一般人所共知，《禽經》曰：「杜鵑江左曰子規，蜀右曰杜宇，甌越曰怨鳥。」陸游《老學庵筆記》則云：「吳人謂杜宇曰謝豹。」《異苑》云：「有人行山中，見杜鵑一群，聊學之，嘔血便殞。」《博物志》云：「杜宇生子，寄之他巢，百鳥當飼之。」（347號）典故而外，且及習性。

四六三號「詼諧」欄載作者〈萬事塞翁馬〉云：「某拜金家視財

如命，故事事非金錢不得解決。一日其家祝融稅駕，一座大廈歸於烏有，其富於愴惶中受傷甚篤，諸親友憐之，接踵慰問，唯拜金家毫無介意，泰然自若云：『家屋大災保險五千，家嚴又生命保險一千，人間萬事塞翁馬，從此我成富豪翁矣。』」此篇不宜純做笑話讀，作者意在諷刺拜金家之唯利是圖，重財輕情，火災所獲賠償遠超過資產損失，故不憂反喜，而忽視其父重傷，蔑棄人倫，竊幸因禍得福，令人浩歎！

綜合來說，作者聞見雜博，從民間習俗、歷史典故、節日、飲食、神道、情色、音樂、賭博、花卉、禽鳥、人性、賭博、保險，皆加論述記載，夾敘夾議，知古而不崇古，通今且知非今，甚具特識。

六 知識類及其他探析

此類中的〈三六九小智囊〉，從四一六號開始，多生活小常識，也有小道消息，例如四七二號記女伶志賀曉子與監督私通、懷孕、墮胎、遭警視廳檢舉（其一）。山口縣有岩屋觀音，木造，「年久月深，木像化石，村人多謂神靈」（其二），參拜者眾。又載題高雄州西南八浬，即小琉球，人口五千人，「從事漁業。」（其三）四七三號二則統計本年度（昭和10年，西元1935年）大學及甲種實業學校卒業者六萬一千餘名，中三萬二千名就職，二萬名失業，作者說：「此去十年將變成失職者世界。」（其一）臺灣一年「石鹼雪文的消費約二百六十萬元中，由內地移入額九十二萬八千五百六十四圓。」由此斷定衛生進步。四七四號言臺灣豬、黃牛輸出香港，獲利不少，有潘氏者將貓輸往香港，「大博奇利」。四七五號記長野市吉田織善寫細字，以小米粒「可書毛筆字三百，鐵筆字二千七百八十一字。」四七六號載昭和八年發賣烟枝五十七億四千二百萬枝，許氏根據專賣局發布的資料，相當可貴。四七八號載臺南某骨董家喜購玻璃繪，以其色彩不變，

「繪出自荷蘭，玻璃乃屬土耳其製。」以歷二百餘年。四七九號提及昭和十年四月在名古屋於六分鐘內雛雞雌雄五十雙，適中率四十八雙。又記「中國福建省，丁秀珍女士為安慰寡婦起見，將私財五十萬元，新築一所寡婦院。」

大致而言，作者所記，從臺灣、日本到國外，有地方新聞，也有大消息，甚或奇聞異事，而偏重統計數字。

作者編纂《三六九和源小詞源》，先在辭彙下括弧中解釋、訓詁，繼言出處、用法。對保存、傳播漢文化頗有貢獻，從三七四號登出「狼狼」一詞，續編「指揮」、「殉職」、「囊中拂底」、「逍遙」、「黃昏」、「不可思議」、「嘆賞」、「肉薄」、「萬歲」、「聲援」、「格鬥」、「頹齡」、「笑柄」、「贔屭」、「作色」、「陛下」、「流石」、「犧牲」、「鴻恩」、「裨益」、「轗軻」、「磊磊落落」、「風前燈」、「油斷」、「骨肉」、「騎虎之勢」、「紹介」、「輿論」、「機嫌」、「龜鑑」、「桎梏」、「殺氣」、「觀光」、「修身」、「泰斗」、「皮相」、「一剎那」、「白玉樓」、「細膩」、「臆斷」，至四四五號「中元」、「綠頭巾」而止。若繼續編輯，應可成為一本小辭典。

至於醫藥常識，三十號〈新醫宗全鑑〉言不少藥方，治傴僂（隱龜）、齒痛、下痢、橫痃、生瘡。治傴僂之法是「將患者挾倒在兩門扇板中間，以強壯轎夫四名，豎在頂上用力壓迫，立即筋骨齊直。」治齒痛：「將患者縛在學士椅上，以虎頭鉗將齲齒拔去，再用士林刀將牙槽割盡。」治下痢：「蕃薯切成肛門大，周圍纏以破布，塞住肛門，使糞便不致漏出，久則水分蒸發，漸漸結晶。」治橫痃、生瘡：「三層肉數斤，過皮膏藥一個，將患部爛肉一切割盡，後以三層肉充填，再用過皮膏敷之。」以現代醫學來衡量，其方法，醫藥已屬落伍，但在昭和五年（1930）卻是妙方。

以上四類作品之外，漫畫最可注意。許氏在《三六九小報》作畫

甚多，不全署名，至若文（詩）畫合一而具名者，首見於三十五號之
「三陽開泰」，三位半裸女郎在臺上翩然起舞，橫披字幕是「三六九
社一行」，而出以十二韻二十四句贊語：

> 日射蓬瀛，春生寰宇。獨步舞臺，筆歌墨舞。鈞天之樂，群玉
> 之府。咀英嚼華，含商刻羽。捭闔縱橫，上下今古。打自由
> 鐘，擊雷門鼓。粉墨伊呂，揖讓舜禹。翩婉龍鸞，顧視彪虎。
> 俯仰斯文，開張神武。現女兒身，作湖山主。別具神明，一掃
> 陳腐。游戲文章，不無小補。

這篇遊戲漫畫真真「筆歌墨舞」，讀者細看細思，無不莞爾。

十八號的〈妓女百面相〉以九幅妓女面相勾勒煙花界百態，一嫌
「人客」無錢，二以歌藝悅人，三則行騙，四為虛情假意，五貓哭老
鼠，六被恩客捧紅，七要死要活，八勸對手「飼金魚」，九知嫖客吹
牛。九者數之極，作者用九種嘴臉總括百態，贊云：

> 茫茫人海，粥粥群雌；弄之股掌，玩此鬚眉。女閭三百，管子
> 作俑。白骨談禪，青蛾奪寵。易衰惟色，悅己者容。欲歸未
> 得，欲去胡從？面目向人，啼笑皆罪。是將誰尤，厥唯社會。

許氏認為妓女是社會的產物，這百面相反映了社會的千姿百態，贊語
最後八字可視為警句。

五十四號在第二、三版刊出〈三六九報愛讀者遭難記——喜劇之
一幕〉含五幅連續情節的人物對白畫，刻畫眾人喜讀《小報》的狂熱
情狀。

一〇八號〈樂天家的詩人〉畫的是只顧吟詩，不管家人飯碗的窮
酸，諷刺舊式文人不會營生。

二一五號的〈現代世相表裡〉八幅人物，四表四裡，而輔以文字

說明：

第一組

　　　表：口念阿彌陀萬慮皆空

　　　裡：其實咖啡店偷來暗去

第二組

　　　表：自誇空拳能敵萬人好漢

　　　裡：偏敵不住他家裡老婆

第三組

　　　表：對他兒子便伸張父權胡亂罵了一場

　　　裡：其實是不良老年常在花街柳巷喝酒

第四組

　　　表：堂堂社長

　　　裡：他的洋服帽子皮鞋全是月賦[8]

　　四組的主人翁是和尚，色屬內荏（在外一條龍，在家一條蟲）的男人、不良老年、空心大老倌，許氏諷刺他們言行不一，表裡相反，名實不符。

　　二四二號以四幅漫畫為《小報》宣傳作廣告，妻子見丈夫晚上八點還未回家，疑往「跳舞場去」了，答案揭曉，原來在外頭看《小報》，忘了回家，太太決定要訂一份，與五十四號用意相同。

　　昭和七年（1932年）一月三日第一百四十二號新年增刊號許氏登出「沐猴而冠」圖，署名「黑」者為題詩云：「久羈利鎖與名韁，文野何堪性已戕；偶作封侯袍笏想，且隨傀儡一登場。」雖說寫猴，意在諷人。

　　刊於十七號的〈新尺牘〉為迎合一般讀者，流於庸俗，不予引

8　月賦，月租也。賦有「租借」之意。

用。三三一號「一笑錄」有作者〈物之委屈者〉：「老太爺的夜壺。牛屎堆的好花。老奴才的木屐。打鐵店的鐵鎚。臭文章的旁圈。絕壁懸崖的蘭。」言雖戲謔，細思則有道理。

三三四號〈物之受束縛〉：「吝嗇家的金錢。道學小姐照片。好古家的骨董。戀愛上的情書。庸醫手抄秘本。共產主義新聞。得道和尚陽物。」即受限制、無自由、不得施展發揮之意。

三四○號〈物之幸運者〉云：「婦人的馬布。名士的圖章。做神像的爛木頭。美人的照片。大學的文憑。寫借單的破紙。」作者從物之委屈、不幸者，進而觀察幸運者，但時至今日，當日幸運者如大學文憑今則無用，爛木頭不再刻神像，破紙無法寫借單矣！

結論

許丙丁是《三六九小報》相當重要的作家，他博古通今，新舊兼擅，能雅能俗，本文將其刊載於《小報》的作品，分四類研探，第一類長篇《夢想》、《蜃樓花月》屬社會小說，前者背景都是虛構，錢不肖魂附醫生和三姨太，目的在譴責草菅人命、揭露大戶的醜惡和紛爭；後者寫漁村青年至首都奮鬥，看到形形色色的人物，受騙、被拉拔，作者藉情節的發展，暴露工商界、勞動界、歡場內幕，譴責資本家和都市。

小小說、笑話非作者所長，造詣不高，成就不大。

第二類詩多酬贈，以〈登樓〉較佳，三首「二十字詩」較富創意，用俚語入詩入聯，富諧趣。〈新聲律啟蒙〉則具對偶與押韻的雙重功能。

第三類範圍寬廣，節日、人口販賣、同性戀、神道、纏足、戲

劇、歌曲、點心、藝妓、麻雀、人生哲理,動植、保險、民俗,無所不談。

　　第四類涵蓋了生活常識、數字統計、小道消息、辭彙解釋、國際新聞、醫藥、廣告,漫畫更是絕活。

　　總括而言,由於《三六九小報》是娛樂性、知識性的文藝報刊,包含許多文類,著重通俗易懂,故許丙丁作品各體兼備,內涵豐富,加上寬闊又深厚的社會體驗,當然寫實意義就較他人濃厚得多。

吟遊勝景話臺灣
──談《臺灣風土》的詩與景

踏話頭

陳奇祿先生在《公論報》主編的《臺灣風土》雙週刊專欄，所刊登的文章，就詩與景部分言，大都以人為主，這篇導讀擬分舊詩和地景二類來談。

一　詩社、詩人、詩文集

楊雲萍先先生〈關於臺灣的「詩社」的一資料〉（《臺灣風土》第94期）根據丙子（民國25年、昭和11年）「臺灣吟友錄」列出九十個詩社，筆者依現在行政區域重新劃分如下：

（一）大臺北地區：瀛社、天籟吟社、鶴社、奎山吟社、榆社、巧社、捲籟吟社、雙蓮吟社、南雅社、櫻社、鷺州吟社、潛社、淡北吟社、高山文社、芝蘭詩社、樹邨吟社、文山吟社、松社、灘音吟社，計十九社。

（二）基隆市：復旦吟社、網珊吟社、大同吟社，計三社。

（三）新竹地區：讀我書吟社、來儀吟社、柏社、竹社，計四社。

（四）宜蘭縣：登瀛吟社、貂山吟社、敏求吟社、東明吟社，計四社。

（五）桃園縣：桃社、東興吟社、陶社、南雅吟社、瑳玉吟社、以文吟社，計六社。

（六）苗栗縣：蓬山吟社、栗社、南洲吟社，計三社。

（七）臺中市：櫟社、榕社、蘭社、鰲西吟社、富春吟社、東墩吟社、礫社、怡社，計八社。

（八）彰化縣市：卦山吟社、聚鷗吟社、三友吟社、菱香吟社、大冶吟社，計五社。

（九）南投縣：南陔吟社，計一社。

（十）雲林縣：雅社、羅山吟社、彬彬吟社，計三社。

（十一）臺南市：綠社、月津吟社、竹橋吟社、學甲吟社、白鷗吟社、將軍吟社、淡如吟社、青柳吟社、新柳吟社、錦文吟社、坎南吟社、西山吟社、桐侶吟社、南社，計十四社。

（十二）嘉義縣市：鷗社、嘉社、岱江吟社、鶯社、樸雅吟社，計五社。

（十三）高雄市：旗津吟社、壽峰吟社、瀨南詩社、鼓山吟社、雄州吟社、壽社、鳳岡吟社，計八社。

（十四）屏東縣：屏東聯合吟會、六合吟社、西瀛吟社，計三社。

（十五）花蓮縣：奇萊吟社，計一社。

（十六）臺東縣：寶桑吟社，計一社。

（十七）澎湖縣：文峰吟社、小瀛吟社，計二社。

日治時期詩社甚多，這份資料所列只是一部分而已，單以筆者所訪查的改為直轄市之前的臺南縣詩社在一九三六年之前即有二十四社，足見其彬彬之盛。

楊雲萍先生〈櫟社沿革志略及其他〉談到這個中部最重要的詩社。

　　「櫟社沿革志略」刊於昭和六年（1931）十一月，為傅錫祺所編。社旨「在以風雅道義相切磋，兼以實用有益文學相勉勵，且期交換智識，親密交情。」除了聯誼、吟咏、「切磋」、「道義」的動機外，像楊教授所云，還有「對學術、政治乃至社會的意欲」，復吸收「實用有益之學。」

　　一九一一年四月二日（農曆三月初四），梁啟超偕女令嫻、湯覺頓（叡）遊臺中，櫟社社友二十名於瑞軒接風，陪客十二名，因作詩紀盛。

　　「櫟社沿革志略」提及大正七年（1918）十月成立「臺灣文社」，其旨趣為櫟社同人「恐斯文之將喪，作砥柱於中流；僉謀設立臺灣文社，以求四方同志，更擬刊行文藝叢誌，以邀月旦公評。」目的在維持漢文。翌歲一月「臺灣文藝叢誌」創刊，除刊登詩文、翻譯、外國史略、小說外，附載先賢詩文集。

　　大正十一年（1922）十月八日（農曆8月18日）於霧峰萊園舉行櫟社二十年題名碑落成典禮，林南強作記，大智（林子瑾）題字。

　　「沿革志」記至昭和辛未六年而止，凡三十載。

　　楊雲萍先生〈深夜錄〉記櫟社林幼春（南強），其伯祖為福建水陸路提督林文察、伯父林朝棟，據「林氏祖譜」，南強生於光緒六年（1880），與梁任公唱和時僅三十二歲。

　　楊氏在〈幼春詩錄〉一文中謂日治半世紀的臺灣詩人「當以胡南溟、連雅堂、林幼春等先生為最」，而幼春尤以雅健見長。

　　楊氏〈「無悶草堂詩存」未收作品舉略〉謂林癡仙（朝崧）詩詞創作數量超過洪棄生、連雅堂，其〈詩存〉的編者是傅錫祺（鶴亭），係據〈詩抄〉選出，刪略甚多，楊文補述不少，包括「詩餘」（詞）。

　　楊氏〈詩人莊雲從〉謂莊龍字雲從，號南村，大甲人，與胡南溟

皆是薄命詩人，他畢業臺北國語學校師範部，任公學校教員，轉任
「臺灣新聞社」漢文部記者，因登林季商詩，中有句云：「儻使中朝
能振奮，豈容異類污文明！」卒被免職，貧病交迫，遂得狂疾。一九
二五年四月卒，僅四十二歲。他在明治三十九年（光緒三十二年）就
加入櫟社。身後所遺《南村詩稿》，多清麗可誦。

　　楊氏〈沈傲樵的遊臺詩篇〉敘及習靜樓所藏《東寧詩集》為蘇大
山（蓀浦）、沈琇瑩（傲樵）、林景仁（小眉）所合著，乃自大陸來臺
與臺灣詩人、日本詩人唱和之作。沈氏是湖南衡陽人，久寓廈門，其
〈明延平郡王祠歌〉七百言，中云：

> 攀鱗附翼眾星清，秀才果是真龍子。又不見一劍田橫霸氣終，
> 頭顱飛入咸陽宮。自古興亡有天意，是誰成敗論英雄……休言
> 三世正狐丘，俎豆莘莘祀典修。階下滌牲胡虜肉，案前醇酒月
> 支頭。東海紅桑已三變，巍然獨存靈光殿。

慷慨悲歌，低迴祠前。

　　傲樵〈板橋別墅雜詠〉十首、〈贈林幼春〉、〈贈林灌園〉也抒發
「遺民心事」，情摯言悲。

　　楊氏〈陳迂谷的詩和詩集〉認為清代臺灣北部詩人當以陳維英
（號迂谷）為代表，其〈太古巢即事〉十三首和〈山也佳〉二首最為
人所熟悉，風格平易，對聯尤知名於世。有《太古巢詩鈔》、《偷閑
集》。

　　楊氏又言及黃教，其〈關於黃景寅的詩〉謂祖父爾康先生推崇關
渡先生（即黃教，字景寅）博學，精周易，歲貢生，事母至孝，有
《觀潮齋詩集》。

　　日人據臺，遺老侘傺無奈，王松撰《滄海遺民賸稿》（分「如此
江山樓詩存」與「四香樓少作附存」），《友竹行窩遺稿》行世。楊氏

〈滄海遺民王友竹〉謂王氏最值得注目、同情和仰慕。

《賸稿》於一九二五年（乙丑仲春）出版，一九六〇年，臺灣銀行經濟研究室重刊，其中「如此江山樓詩存」一百二十六首，附「四香樓餘力草」三十五首，凡一百六十一首。

筆者《臺灣文學家列傳》〈滄海遺民王友竹〉曾評他不擅古體，律詩則用典精深，能化俗為雅，陳槐庭讚其：「才氣凌甌北，詞源出劍南。」（〈題王松詩〉）連橫譽其：「淵而穆，宏而肆。」（〈王處士友竹先生五旬壽序〉）可謂推崇備至。

筆者嘗撰《臺灣文學研究》，其中〈百年天地此孤吟——論王松詩的狂狷意識與佛道思想〉一文將他作品分三階段：三十歲之前，志大才高而氣豪，其行似松，為狂者；此後至四十歲，抑鬱遯世以自守，其節如竹，為高士；四十以降，則游心於道，篤信因果。茲各舉一例以論述：

> 偶得四首之一
> 澗底有老松，鬱鬱態不舒。解我腰帶量，樑棟才有餘。
> 當今哲匠稀，毋乃此生稀！正恐逢頑樵，采薪妄剪除。

> 乙未生日感作
> 我今三十乃如此，便到百年已可知。孤憤惜無青史分，
> 不才閒過黑頭時。太平得壽方為福，離亂全生只賞詩。
> 此時豈惟毛義感，涓埃未報負男兒。

> 六十述懷七首其五
> 蠻觸蝸爭又幾年，荊榛萬戶接荒煙。匡時偶悟無為道，
> 入世長參不悟禪。失馬塞翁知數定，聞鵑津客洞機先。
> 兒孫耕讀身粗健，明月清風自在眠。

他年未三十，以老松自況，自譽「樑棟才有餘」，學殖又富，窮究古今興衰治亂之由，但少有知音。不甘被敵人統治，又請纓無路，哀時哀已、悲憤抑悒，令人不忍卒讀。

由青年的狂放、中歲的狷介，到老來參禪悟道、知數洞機，安享田園之樂，漸有幾分摩詰居士的味道。

詩作之外，王松還撰《臺陽詩話》四卷、《續臺陽詩話》一卷、《草草草堂隨筆》三卷、《內渡日記》一卷、《餘憂記聞》一卷。

身為臺灣史的研究者，楊雲萍說：「民主國建立的實際上的劃策者、推動者，是陳季同先生其人。」（〈陳季同的詩詞〉）日人伊能嘉矩也持此說法，以為陳氏「倣法蘭西共和國之建而所指導劃策的。」（《臺灣文化志》下卷，頁955）。

陳氏字敬如，福建侯官人，曾供職於清國駐巴黎公使館（連橫《臺灣詩乘》卷六謂陳氏任參贊之職），後為臺灣巡撫劉銘傳幕賓，乙未（1895）二月，唐景崧急電他來臺效力。

陳氏不但嫻於外交事務和政治體制，亦能詩詞，其〈弔臺灣〉四首最為感人，茲引一首如下：

> 臺陽非復舊衣冠，從此威儀失漢官。壺嶠居然成弱水，海天何計挽狂瀾。誰云名下無虛士，不信軍中有一韓。絕好湖山今已矣，故鄉遙望淚闌干。

這是第四首，深慨清廷昏庸無能，將寶島拱手讓人，尾聯可謂和淚而書。

楊雲萍先生〈楊懋甫遺詩及其他〉敘及楊承汾於同治中從大陸寄寓八芝蘭（士林）石角莊，能詩，以〈感舊為瀛仙女史作〉七絕十二首與〈書近況〉最稱於時。

楊氏〈成趣園詩鈔及其他〉謂鄭霽光（虛一）居新竹縣，其《成

趣園詩鈔》分為「遣興集」、「湖山遊草」、「唱酬集」、「清課吟草」四集，以〈臺灣感舊〉為最著。

楊氏在《臺灣風土》一○六、一○七期（39年7月24日、7月31日）發表〈澎湖遊草及其他〉述昭和四年（1929）四月來臺，任教臺北帝國大學的久保得二（天隨）有《澎湖遊草》，陳衍作序。

《遊草》五十多首中以〈澎湖詠史詩〉七首，〈澎湖雜詠〉二十首最膾炙人口。

晚於久保博士的臺大盛成教授也曾在《臺灣風土》第四、六、七、十五、十六、十九、三十二期（37年5月31日至38年1月10日）發表《澎湖新詠》二十一首，內容包括地景、風物、古蹟、史事，夾敘夾議，不讓久保專美於前。

林衡道先生的〈南溟詩鈔〉在《臺灣風土》第一三九期登錄，選刊胡南溟〈七鯤觀潮行〉、〈夢遊崑崙山放歌〉、〈古劍〉、〈飛機〉八首、〈大屯山八詠〉、〈擬泰山觀日行〉、〈送黃茂笙昆仲遊滿韓〉，從體製言，歌行、七絕、七律齊備；自題材看，寫景、詠史、詠物、酬贈都有了。

筆者《文史雜俎・凌雲健筆意縱橫──論胡南溟詩》將南溟（原名巖松，官章殿鵬，字子程，別號胡天地）詩分為懷古詠史、詠物、旅遊、神遊臥遊、酬贈五類，特別推崇其歌行，讚其「一空依傍，睥睨當世。」亦於澳門大學中文系主辦的國際學術研討會發表〈從報刊詩作論胡南溟在日殖時期的自戀情意結〉譽其「反抗精神」、「最具才氣」，在日人統治下，他多以鄭成功、寧靖王、五妃和臺灣為題材，其次心懷故國，創作〈長江曲〉、〈黃河曲〉、〈曲江曲〉、〈湘江曲〉、〈漢江曲〉，長者三千言，短亦七百言，表現了矜心盛氣與高才博學，可謂前無古人，後無來者；復以新事物為題材，具備了才、學、識、力。

　　洪炎秋教授〈詩人洪棄生先生的剪影〉，謂其父「擬古諸作，如長干行、大堤曲、豔歌行、怨歌行、採蓮曲等，沈麗動人。」又說他「不唯浸淫史籍，而且潛心時事。」（《臺灣風土》第14期、37年8月9日）筆者《臺灣文學論集，臺灣實錄──具史書功能的洪棄生詩》以其《謔蹻集》、《披晞集》、《枯瀾集》為探討文本，指出他主要在批判「晚清秕政」和「日人暴政」，前者分從吏治，治安、科役、災患、軍事、科技著眼，後者則批評經濟、災患、殺戮、科役、政令五項。

　　連震東〈連雅堂先生之詩〉云：「先生臺南人，諱橫，字武公，號雅堂，又號劍花……臺灣通史而外，尚有臺灣詩乘、臺灣語典、臺灣稗乘、雅堂文集、詩集等。」（《臺灣風土》第八期）雅堂性好遊，所至必吟詠，多引古傷時之作，例如〈登雨花臺弔太平天王〉、〈柴市謁文信國公祠〉、〈延平郡王祠古梅歌〉，晚年好佛，作〈遊觀音山詩〉。林衡道於《臺灣詩乘》，推崇備至。

　　楊雲萍〈師友風義錄──架藏臺灣詩文集解題之一〉云：「師友風義錄一冊，鄭鵬雲（毓臣）編，分內篇、外篇、附篇。」（《臺灣風土》第八十期）內篇蒐錄施士洁、唐景崧、林占梅、邱逢甲、梁成枬、楊浚、五溪安江、籾山衣洲、石川柳城等人詩。外篇為鄒崖逋者、痛哭生、烏目山僧、最惡守舊者、鐵血子、譚嗣同、康有為、梁啟超等，多與戊戌運動相關。附篇為擊鉢吟，作者是施士洁、邱逢甲、唐景崧等。

　　鄭鵬雲，新竹人，受業於施士洁。

　　《臺灣風土》選錄不少詩作，第十、十一、十四、五十五、六十二期的《東寧詩存》有胡南溟〈七鯤觀潮行〉、林南強〈九日與灌叔汝南芳園至安平登荷蘭廢壘〉（之一）林小眉〈七月一日渡臺舟中作〉、連雅堂〈夜宿凌雲寺〉、〈曉起〉、洪棄生〈有懷〉、〈晚眺〉、林南強〈寄南社諸君〉（之二）、洪棄生〈無題三十首錄六〉（之三）、李

漢如〈妖廟〉、〈踏青詞在大津作〉、〈都門秋興〉、〈弔林湘沅〉（之四）、林朝崧詞〈念奴嬌　和仁公留別韻〉、〈浣溪紗　次任公歸舟眺韻〉、〈蝶戀花　感春次任公韻〉六首（之五）作詩者多，填詞者少，故愈覺可貴。

第一五二期絕塵〈臺灣先賢詩文輯佚之一〉刊登康熙四十九年周元文修《臺灣府志》中的張僊客〈彌陀室避暑詞〉一首。

絕塵〈臺灣詩乘補遺〉又錄王璋〈八景詩〉、張纘緒〈鄭氏月娘詩〉、郭必捷〈過寧靖王墓〉、李欽文〈海會寺〉、〈九日北香湖觀荷〉二首、〈登紅毛城〉、〈番社〉、張士箱〈鄭氏月娘〉、〈瑯潮聲〉、〈竹溪寺〉，陳輝〈鷺江即事〉、〈中秋書感〉、〈赤嵌夕照〉、張從政〈春郊即事〉、〈秋登城樓〉，陳慧〈赤嵌城〉，裨補闕漏，實有功於騷壇。

〈閒話檳榔〉（香蕈撰，刊於《臺灣風土》124期）以秋坂〈憶閩中檳榔〉二首之二云：「可憶故鄉人納采，聯珠合璧兩行排。」證明檳榔為完聘所必需。又舉蔡啟運、龔蔗汀〈檳榔詞〉：「兩頰紅潮更有情」、「絕好唾花紅欲滴，晚風吹上玉人襟。」以為可美容養顏。

言午〈臺灣掌故：天然足會〉舉魏潤庵〈解纏足歌〉四首肯定提倡天足是進步的作法，文登於一二五期（三十九年十二月十九日），距會、歌已逾半個世紀。又其〈靜樓詩抄〉抄錄郁永河《裨海紀遊》多首，足供賞讀（見109期）。

二　地景、名勝與風俗

同地而古今異名，中外皆然，言午據一九二〇年臺灣總督府所改地名表及讀書所記，編列「臺灣地名今昔表」，今昔對照便於檢閱（見《臺灣風土》128期，40年2月9日）。

他在一五七期刊〈臺灣十二勝〉，即北投草山溫泉（今陽明山溫泉）、新店碧潭、大溪川流（在今桃園縣）、角板山番社（高山族）、

五指山（距竹東十二公里）、獅頭山寺院（勸化堂、開山寺、獅岩洞、海會庵、舍利窟、凌雲洞、雲霞洞、金剛寺、龍岩洞、水簾洞等）、八卦山、霧社櫻花、虎頭埤湖光、旗山的波光山色、太平山森林（距宜蘭羅東五十三公里）、大里海岸（澳底站過草嶺大隧道），包括北中南西東的景點。

言午〈臺灣八景〉（《臺灣風土》156期）謂昔日八景為：安平曉渡、沙鯤漁火、鹿耳春潮、雞籠積雪、東溟曉日、西嶼落霞、澄臺觀海、斐亭聽濤。現在八景是基隆港、淡水、八仙山、鵝鑾鼻、太魯閣峽、阿里山、高雄壽山、日月潭。

昔日八景之說本於康熙時宦臺詩人高拱乾、王善宗，現在八景則是一九二七年臺灣人民投票選定，不但人事全非，勝景也有變遷！

上述八景是大八景，開臺進士鄭用錫建北郭園八景，為小八景，林衡道先生〈淡北八景考〉則言中八景，即戍臺夕陽、岔嶺吐霧、關渡分潮、劍潭夜光、淡江吼濤、屯山積雪、蘆洲泛月、峰崎灘音（皆見124期）。

林氏認為八景之中的「峰崎灘音」已完全失考，楊雲萍過二期的〈關於峰崎灘音〉則以為是「峰仔峙社」，他引《淡水廳誌卷十三、古蹟考》：「蜂仔峙溪，在廳治東北一百八十里，水聲下瀨，音似管絃。」即是灘音。

庚寅年（1950年），薇閣詩社推舉黃得時、林衡道等為委員，經半載實地勘察，選定竹湖春櫻、鷺山秋月、月眉煙雨、面天松籟、胡蘆夕照、野柳平瀾、烏來飛瀑、西雲晚鐘為臺北八景（參林衡道〈薇閣詩社選定臺北八景緣起〉，《臺灣風土》125期）都是交通方便、脫離俗塵的秀麗景點。

民國三十八年十一月六日，由臺灣省文獻委員會副主委黃純青率領，凌純聲、芮逸夫、衛惠林、黃得時、屈翼鵬、陳紹馨、陳奇祿、

婁子匡、林文訪、林衡道、李騰嶽、廖漢臣、連溫卿、林衡立、顏晴雲等二十餘位文史專家組成「烏來考察團」，據竹盧〈烏來考察記〉（《臺灣風土》74期）所載，烏來社民房全係木造，上覆茅草，無客廳，臥室為榻榻米，有電燈，與平地無二，僅廚房中的木甌、木臼、木柱表現山地持有的形式。

新店西面安坑溪一帶在清朝是漢番交界之地，民國三十八年十一月十二日，林衡道先生約二、三同好至此踏查。

《臺灣風土》七十七期刊登林氏〈安坑溪史蹟踏查記〉，是一篇簡短的遊記，他們一行至大坪頂開漳聖王廟（安坑廟），知漳州移民於此開拓。不遠處有安坑派出所，附近是幾個煤礦。

經大茅埔、頭城，距新店五公里就是二城，東端為潤濟宮，主祀三官大帝，建於嘉慶年間，後漸荒廢，至大正五年（1916）重修，祭典由頭城、二城、三城、四城、五城輪流擔任。

至四城而止，道路尚稱寬闊，以西僅容兩人並行。五城之後，幾無人煙，溪流盡處乃是分水嶺，是文山區和海山區的交界，海拔一三五公尺。橫溪溪谷較安坑溪深闊，山高林茂，嶺下為竹篙厝，附近亦有幾所煤礦，不遠處即是輕便鐵路站，距新店市橋約十二公里。

林氏於一四九期撰寫《龜崙嶺考察記》，他與詹聰義一行七、八人在樹林站下了火車，向西北行二公里，抵坡內坑，山中有佛堂，稱曰周家菜堂，為鄉紳周某所建，供奉孚佑帝君，於此眺望三角湧、土城，頓興懷古之思，因為這是古戰場。

坡內坑至龜崙嶺約三公里，茂林修竹、梯田果園，較北投、草山尤富野趣。嶺峰絕頂標高三百公尺，俯視臺北盆地、淡水河、歷歷在目。

下山行二公里，抵尖山腳，乘公車遊壽山岩寺，建於乾隆十七年，是貫通臺灣南北的唯一陸上孔道。寺又稱觀音媽廟，殿上一幅春

聯，乃張天師揮毫。

一五四期林氏〈大科嵌溪名勝土俗採訪記〉載四十一年三月二十三日，偕至友莊琼熠十餘人遊長壽岩寺。

寺奉千手觀音，登亭遠眺，溪流、龜崙嶺、桃園臺地、鳶山，盡收眼底。長壽形勢險要，乙未割臺，義民在三角湧擊敗了日軍。距寺六公里為石壁寮，斷崖絕壁，富岩洞之奇。

自長壽山經媽祖田、大安寮至土城，當地在中元節前後的「搶孤」之風馳名遠近。

言午〈開闢臺北永福莊記〉多引用前賢資料，目的在介紹先民的開拓史：林圯開拓竹山，王世傑開拓新竹城內與市郊，姜秀鑾闢竹東北埔，吳沙、吳化則是宜蘭、羅東，林成祖板橋、新莊，黃阿蘭臺北，吳全臺東。

言午在一三九期介錄黃謙光〈開墾臺北永福莊記〉敘述黃阿蘭墾拓三角湧的經過情況，是很重要的一篇文獻。

廖漢臣〈艋舺盛衰記〉謂艋舺或作「莽葛」，或作「蟒甲」，是Mankah的音譯，郁永河《稗海記遊》已有記載。

臺灣的開拓，北部最遲，艋舺原為Shiamoa社，康熙四十八年七月，泉州人陳賴章取得「東至雷裡秀朗，西至八里坌于海，南至興直山腳，北至大浪泵」的墾照，招募漳泉移民。自淡水河東方的道路兩側形成市街，稱「番藷市」，後改名「歡慈市街」。

乾隆五年，惠安、晉江、南安三縣出身的「三邑」人士集資建龍山寺，出現了龍山寺街、新店街、舊街，促進三郊發達。

乾隆十一年，各行郊捐金建天后宮和福德宮，艋舺遂以天后宮為中心，漸向東方和南方擴展。

乾隆二十四年，新莊都司營遷至艋舺，五十七年，開鑿八里坌水道，大陸與此交通更見頻繁，大商船航行無阻，北郊、泉郊相繼創

立。

嘉慶十三年，新莊縣丞移此，改稱艋舺縣丞。道光五年，艋舺游擊署升為參將署，地方安寧，愈加繁華。「旗亭妓院，絃管騷然。」（第23期）與臺南、鹿港齊名，所謂「一府二鹿三艋舺」。

但道光之後，日走下坡，撫今追昔，廖氏不勝感慨。另古翰村〈萬華風土小誌〉，亦可參閱。

王剛於二十三期和二十七期（37年10月18日。37年11月15日）撰述〈艋舺今昔街名考〉，凡四十七條街，可見今之萬華在當時的盛況，王氏資料多出自池田敏雄的〈艋舺街名考〉。又毓文〈艋舺大事記〉足供讀者參考（《臺灣風土》二十二、二十三、三十期）。

林衡道先生以為臺北盆地周遭群山最秀麗的是觀音山，因作〈觀音山指南〉（《臺灣風土》第89期）。

觀音山一稱八里坌山，林氏指出登山路線有四，且引《淡水廳志》和古今人詩佐證，列舉沿途風景，讀來興味盎然。另林氏於臺北近郊風景、園林古蹟，亦多所介紹，東北且及基隆河岸，向南擴至大溪。

淡水是好景點，盛名歷久不衰，石鐵臣〈遊於海河之境〉（《臺灣風土》第15期）值得參閱。

鐵臣先生談的是海水浴場，他認為水有鹽分似海，可又是淡水河的一部分，海邊小丘長著林投樹，作者寫景中帶著抒情的味道，他說：「在淡水的夏季的海濱，我雖不效尤魚蝦，但絕不使我感到沒趣……我很想向觀音山詢訊當年的狀態，同時很想知道一個清楚，我望我能到水中去一趟，與魚蝦一談。」這篇短短遊記大有侶魚蝦而友風月的襟懷，令人不忍釋手。

自北而南，大溪是值得遊覽的景點，林衡道先生〈大溪遊覽指南〉（《臺灣風土》一五七期）列出了六條遊覽路線：齋明寺、蓮座

山，是第一線、三峽、大溪，第二線；大溪、鶯歌、第三線；大溪、中壢，第四線；石門，第五線；角板山路線，屬山地行政區域。

往中部，藍紅〈彰化二勝〉告訴我們要去八卦山和南瑤宮；再往南是嘉義阿里山，東部就是紅頭嶼了，畫家藍蔭鼎先生告訴我們：「尤其是月光吻著銀白的海沙，涼風，吹拂著椰子樹的葉梢的時候，風聲、潮聲、語聲、舞聲相應和著。」（《臺灣風土》第二期）在他筆下，蘭嶼如詩如畫，如樂如舞。

總的來說，言午先生〈臺灣的溫泉和冷泉〉談到了十八溫泉和全臺唯一的蘇澳冷泉。

蘇澳是臺灣東岸的港口，冷泉在車站北一里許的七星岩下，是天然碳酸泉，可製汽水；沐浴能治皮膚病。十八溫泉中東部北部最多，東有礁溪、圓山、深水、土場、瑞穗、玉里、知本，北則北投、草山、金山、烏來、井上、上島、中正、各七個；南部為四重溪、關子嶺；西、中部最少，分為八卦山、東埔。

民國三十八年重陽節（國曆10月30日），由林衡道、婁子匡引導，作民俗採訪之旅，成員涵蓋中央研究院、臺大文學院和法學院、臺灣省文獻委員會各界專家學者，一行十餘人。第一站是和尚洲的禮拜堂與天主堂，前者由馬階博士開基，都是著名史蹟。

次站考察龜山山麓的一個村落，行政區域屬臺北五股，僅七十戶，幾全為農家，多水田，村民祖先都是漳州移來，大部分姓陳，部分姓許。臺灣南部多散村，北部多集村，這村落是集村的標本。

此次〈採訪紀要〉由竹廬先生執筆，刊載於七十三期。

〈新竹風土小誌〉在第一三三期披露，古翰村先生撰稿。先從稱謂解釋，其開發早於臺北，文教如明志書院在乾隆三十年創建，鄭用錫是開臺進士。詩社最早者為竹梅吟社，後改名竹社。

旌孝子、烈婦的石坊特多，園亭以北郭園、潛園最著，結構勝於

板橋林本源庭園。故址除縣衙外，尚有武宦守備官署、演武亭、考欄、明志書院、育嬰堂。著名廟宇有文廟、武廟、天后宮等一六處之多，足以了解當地之信仰、民情、習俗。

收束語

臺灣詩風盛，詩社林立，美景又多，提供了寫作的題材，陳奇祿先生所編《臺灣風土》刊登了不少詩人與名勝民俗的文章，讀者足以興，足以觀，兼可培養性靈，增長見聞。

二〇一三年六月二十八日完稿

小城　小報　小小說
——論小小說的文化因子

前言

　　本文所說的「小城」指古都臺南，「小報」即《三六九小報》，「小小說」係在小報上刊登的每篇僅十餘字至千把字的極短篇，筆者擬從文化的角度探討其興盛的緣由。

一　府城自奧良耶（Oranje）奠基

　　安平原稱臺窩灣（Tayouan）屬於西拉雅族（Sideia）新港社（Sinkan），土人未建築城堡。西元一六二三年，荷蘭司令官Comelis Reyersen下令在「大員小島用砂和石子建造一個防禦工事[1]」，這堡壘就是奧良耶（Oranje）。接任者Martinus Sonck將它擴建，一六二五年一月十四日改稱普羅岷西亞（Provintia），一九二七年十一月九日易名熱蘭遮（Zeelandia），而以「普羅岷西亞」稱在赤崁[2]的砲壘。

　　由於鹿皮、林產、日本銀、中國絲在大員灣交易，城堡外形成了市街，亦即熱蘭遮為防備要地，城外是貿易之所。普羅岷西亞是處理政務的辦公廳，後與漢人聚居的禾寮港街交會成大街。統治者為招徠

1　Leonard Blusse，Margarethe van Opstall〈熱蘭遮城日誌第一冊荷文本原序〉，頁11，江樹生譯註《熱蘭遮城日誌》第一冊（臺南市政府，2002 年 8 月再版）。

2　赤崁（Saccam），平埔族番社名。

日本人和漢人，在大井渡頭附近建臺灣街（今延平街），漸漸發展成具國際風貌的小城。

永曆十五年四月一日（1661年4月30日）鄭成功登陸鹿耳門（Lakjemuyse），攻佔普羅岷西亞；十二月三日（1662年2月1日），荷蘭人投降，成功以熱蘭遮為安平鎮，改名王城，赤崁樓為承天府，「總曰東都」（連橫《臺灣通史卷二·建國紀》）。開國立家，東都明京成了政治、外交、文化、商業、交通中心。

永曆十八年八月（1664），鄭經改東都為東寧，天興、萬年為二州，劃府治為東安、寧南、西定、鎮北四坊。坊置簽守，以理民事，「制郡為三十四里，置鄉長，行鄉治之制，……建宮室衙署。」（《臺灣通史卷二·建國紀》）首府規模漸漸完備。後又建聖廟，立學校，行科舉制度。

《臺灣通史卷七·戶役志》謂明中葉漳、泉人至臺已數千，鄭氏時航海而來者十數萬，連氏推論，清領臺之初當近二十萬[3]，而以府城人口最多。嘉慶十六年（1811）編查，全臺戶數二十四萬一千二百十七，人口二百萬三千八百六十一人，臺灣縣戶二萬八千一百四十五，人口三十四萬一千六百二十四，已落於嘉義、彰化二縣後[4]。

明鄭以熱蘭遮為王城，另在永康下里建關署市肆。雍正元年，臺灣縣知縣周鍾瑄以木柵建七城門；十一年巡撫鄂爾達奏請植竹為城。乾隆元年，建七石門，護以女牆；二十四年，知縣夏瑚增植綠珊瑚為外護；四十年，知府蔣元樞整修；五十三年，大學士福康安等會奏，「改築磚城，以臺未燒磚，用土。」（《臺灣通史卷十六·城池志》）

光緒十四年（1888），改臺灣府為臺南府、臺灣縣為安平縣，另

3　連橫：《臺灣通史》（臺北市：眾文圖書公司，1979年5月再版），頁182。
4　同上，頁188〈清代臺灣戶口表二〉。

設臺灣府，領臺灣、彰化、雲林、苗栗四縣。在此之前，臺南是全臺
首府。

　　明治二十八年（1895），日本佔領臺灣，置臺北、臺灣、臺南三
縣和澎湖廳。大正九年（1920），設臺北、新竹、臺中、臺南、高雄
五州，臺南州轄一市十郡，州治在臺南市。日人拆城牆，建圓環，整
頓交通，開闢馬路。昭和十一年（1936），實施「都市計畫」，在臺南
建飛機場，改建火車站，築安平新港，古城漸漸現代化。

　　綜上所述，知臺南自西元一六二四年起，先後歷經荷蘭、明鄭、
清朝、日本外來政權的統治，歐洲、漢人、滿人、日本文化固然長期
支配，而國際化、現代化的緣故，如光緒十年（1884），英國長老教
會在臺南創辦出版社，以拉丁化閩南語印行《新約》、英文書籍，出
版教會公報，舊學涵泳加上新知啟迪，使得這古老的小城兼具保守與
創新兩種特性，這是《三六九小報》產生、刊行的背景。

二　《三六九小報》的誕生

　　《三六九小報》是娛樂性、知識性的文藝報刊，陽（洋）曆各旬
的三、六、九日發行，從昭和五年（1930）九月九日的創刊號到十年
九月六日第四七九號後休刊，中間停刊兩次[5]，五年登載的內容以趣
味性文章為主，與著重時事新聞的一般報紙大不相同。

　　《小報》包含許多文類，詩歌、詞曲、山歌、樵唱、謠諺、散
文、雜文、駢文、小說、戲劇等，古典文學多於現代文學，專欄不
少。大致而言，除創刊號二頁、增刊時八頁外，每號四頁，首頁廣
告；次頁初以〈史遺〉專欄為主，後連載《金魁星》、《開心文苑》，

5　昭和七年十二月六日發行二四一號，翌年一月三日始發行二四二號，未說明原因。
　　昭和八年八月十三日發行三一五號，第四面社告云：「決本日起一時停刊，整理內
　　務帳款。」未見三一六號，至昭和九年一月廿三日發行三一七號。

《新聲律啟蒙》、《冷紅室隨筆》、《秋鳴館》則不定期披露；第三頁大部分是小說，連載《蝶夢痕》、《翻雲覆雨記》、《姊》等長篇和〈浪漫女〉、〈降魔杵〉等短篇，又有《臺灣俗語解》、《綠波山房摭錄》等雜文，或笑話、雜記；第四頁為《雜俎》、《詩壇》、《花叢小記》、《鬼話》、《小唱》等，當然，二至四頁內容偶有移易，並非毫無變改。

陳文石於第一〇八號撰〈三六九小報發刊周年祝詞〉云：

> 報紙則刊時事為多，雜誌則載言論者眾，固不若趣味津津引人入勝之文字足以陶寫性情也，是則小報尚矣。

足見《三六九小報》具引人入勝之趣味，刀水〈發刊小言〉也說創刊緣起「實成於談笑之間」、「讀我消閑文字，為君破睡工夫」、「足資談柄」，但又認為「笑之義，大矣哉。」是趣味中蘊有深層意義。王亞南〈祝臺南三六九小報發刊〉謂：「以燦爛之文字，為詼諧之雜說，發揚文化，不特供世人之消閑已也。」具保存舊文化、發揚新文化的功能。

幸盦更進一步云：

> 不言大報，而稱小報，何哉？曰：無他，現我臺言論界，自三日刊新聞以外，諸大報社，到處林立，觀其內容，莫不議論堂皇，體裁冠冕，本報側身其間，初舉呱呱墜地之聲，陣容未整，語或不文，所謂大巫在前，小巫氣沮，故不敢傚世人之妄自尊大，特以小標榜，而致力托意乎詼諧語中，諷刺于荒唐言外。……每月于三六九日，共計發行九次，……臺語九與狗同音，……蓋九三均為陽數，六則為陰數，陰陽接濟，上下融和；加以諸同人，乾乾惕若，庶可收本報有終之美，而三六九數之功用以明，則在來數字上之九哥，長此以往，亦可免與後

　　來侵入之狗兄狗弟，混同為伍矣。（〈釋三六九小報〉）

將《小報》名義闡釋得很清楚，最後提及不願與「侵入之狗兄狗弟，混同為伍」，分明指不願和日本殖民政權合流，《小報》的立場與統治者劃清界線，在嬉笑怒罵中隱含抵抗的不合作主義。

　　《小報》創刊號僅兩頁，第一頁四又三分之一欄為發刊詞，一又三分之二欄「史遺」載〈戴萬生笑柄〉，第二頁三又四分之一欄連載長篇小說《蝶夢痕》，以一又三分之一欄刊短篇小說〈浪漫女〉，其餘篇幅登〈演說的秘訣〉。戴潮春之亂與朱一貴事件、林爽文之役合稱臺灣三大民變，畸雲雖摭其笑柄，實藉以提醒、灌輸讀者民族精神，其他三篇則屬言情之作。

　　第二號頁一為廣告，頁二〈史遺〉欄外加闢「諧鐸」、「鬼話」，頁三內容與創刊號之第二頁同，頁四新闢「筆記」、「雜俎」、「滑稽詩壇」、「新聲律啟蒙」、「花叢小記」等專欄，重在詩學與消閒。

　　第三號頁二多了「太空論壇」、「古香雜拾」、「評古錄」，橫議處士在「太空論壇」發表〈一九三〇年式航路縮短案私議〉論路海空運輸，顯現新知識；「古香雜拾」則由邱逢甲發表〈臺灣竹枝詞〉九首，其二、六云：

　　　東寧西畔樹降旂，六月天興震疊師，從此東南遺老盡，
　　　更無人賦采薇詩。
　　　館娃遺址許禪栖，雲水僧歸日已西，話到興亡同墜淚，
　　　可能諸佛盡眉低。

邱氏是抗日名將，這二首言及興亡，《三六九小報》予以刊登，極有膽識，而當道亦有雅量。

　　「評古錄」刊登未具作者姓名的〈中國古代陶瓷略說〉，論陶之

起源，考證古窯，介紹古中國工業。

頁三增「警世短篇」〈降魔杵〉，頁四多了諷刺性的短文〈夜壺傳〉、〈亂彈〉以及常識性文章〈石鹼（雪文）〉。

第三號之後，內容迭有增減變動，如「黛山樵唱」、「開心文苑」、「詩話」的出現，而《小報》的編輯、作者以臺南文人居多，在古城印刷、出版、發行，成為全島性的刊物，引起中國大陸和華人世界的注目。

古代小報與邸報有異，邸報傳布官方命令，始於南宋光宗紹熙時，在命令未行時，「中外未知，邸吏必競以小紙書之，飛報遠近，謂之小報。」（周麟之《海陵集・論禁小報》）有時無中生有，妄傳事端，但人性喜新好奇，「內探、省探、衙探之類，皆衷私小報，率漏泄之禁，故隱而號之曰新聞。」（宋代趙升《朝野類要・文書》）至晚清則以娛樂遊戲為主，《三六九小報》就在此傳統下誕生。

三　臺灣小小說始於《三六九小報》

由於《三六九小報》欲以遊戲娛樂的筆墨吸引讀者，減少統治者的注意，維繫漢文於不墜，「小說」這文類便成了提倡、刊登的重點，志怪小說、軼事小說、雜記小說、武俠小說、擬話本、講史、神怪小說、社會小說、電影小說，甚至現代小說佔了最大篇幅，因為讀者興味盎然。但長篇須連載數年，如《金魁星》；中篇也費數月，短篇分數次刊畢，時間上很不經濟，府城市民、知識分子也未必有耐性、餘閒，小小說遂應運而生。

臺灣最早的小小說〈浪漫女〉在《三六九小報》的創刊號、第二號登出，僅千把字，符合霍爾曼（C. Hugh Holman）等所編《文學手冊》關於小小說的定義：「簡短的短篇小說，長度多在五百至二千字之間。」〈浪漫女〉的作者寒生，真名韓浩川，臺南人。

至於名副其實的小小說，則見於二十七號（昭和5年12月6日）：

最小的小說

情的落空　　　　　　　　　　　　　　　浚南

「若果不忘金口約。尚祈半載耐風塵。」病榻中一憔悴青年。
不住呻吟反覆念著。

「若果不忘金口約。尚祈半載耐風塵。」一少年似嘲似諷對女
郎念著。女郎嗔道。煞風景的話。還說做甚。少年道。這是汝
戀人兩三年前……女郎急道。窮措大。那能在我眼內。不過當
時……

以上原文照錄，連標點符號也未改易，全篇不足百字，加上題目，方
略超過。

第二十八號三版同一作者「最小之小說」尤短：

兇漢

朝曦甫上。一兇漢滿身污血。向隘巷走。巡捕從後追之。多疑
者語於好事生曰。罪惡不赦之兇漢又殺人矣。

日將夕。兇漢肩空擔歸。途遇巡捕詔之曰。若再為之。不可如
晨之莽。好事生恍然有悟曰。噫……

較前則更短，僅七十七字。二篇都具備霍爾曼等所說：結尾有「扭
轉」、「意外」的特性。[6]作者浚南，是譚瑞貞的筆名，廣東人，別號
浚南生，曾撰社會小說《社會鏡》，亦能詩。

《小報》最短的小小說是「刀」所作的〈一笑集〉：

6　顏元叔主編：《西洋文學辭典》（臺北市：正中書局，1991年），頁697。

夫　「大凡醜夫多配美妻。」

妻　「君亦無乃自謙過甚。」

寥寥十八字，幽默諷刺兼而有之，夫妻容貌談吐躍然紙上。作者「刀」即洪坤益，號鐵濤，籍隸臺南，作品甚多。

　　較〈一笑集〉多一字的是三〇九號胡說所作的〈破涕錄〉：

先生　汝等知一年中最長之日乎？

生徒　試驗日也。

學生的回答出人意表，讀者莞爾。

　　作者最早在三八〇號撰寫此一專欄：

甲　夏天日長。冬天日短。此何故也。

乙　凡物遇熱則脹。遇冷則縮。夏天太熱。地球膨脹。赤道亦
　　隨之延長。故太陽所走時間自久。

此諷一知半解者之自充內行，末句尤為可笑。作者連續於三八一、三八二號以夫妻、父子對話，令人噴飯。復於三八四號以兄妹對白、三八五號甲乙問答幽默演出。三八五號的〈破涕錄〉已流於刻薄：

某甲立門內。隔鄰某乙走至問曰。閱字怎樣寫。甲曰門內一虫
便是。乙笑曰。領教領教。

在短短三十三字中，「門」是關鍵詞，言者無心，聽者無意，而閱之者無不會意。

　　作者後來在三八七、三八八、三九一號還有精彩的演出，篇幅皆不到百字。

四　《三六九小報》小小說的分類

　　在日本殖民政權的統治下，《小報》明言「消閒」、「詼諧」，實則意欲保存漢文，傳播新知，提倡小小說，談笑間寓至理，濃縮中見菁華，短小精悍，以最經濟篇幅，闡幽顯微，尺幅具千里之勢。遠自中國寓言、笑話、軼事、志怪，近則亨利（O. Henry, 1862-1910）、芥川龍之介（1892-1927）、川端康成（1899-1972）都對它產生了影響。《小報》自始至終刊載小小說，依內容言，可分笑話、軼事、志怪、短劇、世情、偵探獵奇、愛情、諷刺、技擊、寓言十類。

　　笑話是《小報》極力提倡的，「新笑林」、「諧鈴」、「一笑錄」、「風鑑笑話」、「諧談」、「屁彈錄」、「說說笑笑」、「開心文苑」、古圓「秋鳴館苦笑錄」〈事實笑話〉等專欄競相推出，吸引了不少讀者。

　　笑話雖有兼諷刺者，但純為諷刺者也不少，例如「餘沫」裡獄卒與囚徒的對話（109號），陳雪村〈怕誰呢？〉（279號），怪人〈老鼠還是老鼠〉（231號），滿天光〈模範婚姻〉（372號），「諧談」中的〈婦唱夫隨〉（461號）等皆是。

　　志怪類有消閒功能，人情又好奇喜怪，故《小報》大量的刊登此類小小說，第二號二版即出現了龍虎山人的〈鬼話〉，四號四版鐵齒大王的〈鬼語〉，八號四版野狐禪室主的〈疑心生鬼〉，十六號三版荊如的〈法官遇鬼〉，增刊版贅仙的〈老鼠結婚記〉，十九號黃清淵的〈新聊齋〉，邱濟川的〈徐笑三〉（36號），八二、八三號野狐闡室主的〈續聊齋〉，九十一號諸羅散仙〈狐女〉等，與笑話並為大宗。

　　短劇是以戲劇形式表現的小小說，例如十六號丁某的〈笑幕——狡獪的兒子〉、六十五號樂天的〈孤注〉、七十一號蒲溪的〈好大膽〉、十四號雙木生的〈自由〉，各擅其妙。

　　軼事以人為主，專欄「史遺」述古，胡魯〈兩個鬍子〉道今（17

號）；花道人〈作合〉寫縣令斷案，邱濬川〈妬婦記〉述妬婦以夢為真，醋海生波。

世情樣貌不一，如欠圓〈血淚〉中母子相依為命，母無錢醫病致死，兒亦隨之而亡；一酉山人〈新房笑話〉寫新娘缺乏性知識；藹堂〈渡船〉敘秀才、和尚、女子之問答；省齋〈勞燕雙飛記〉、先進〈兩慅相會〉等，形形色色，不一而足。

偵探獵奇例如野狐禪室主的〈堪輿異〉、胭脂〈婚事趣聞〉、天問〈死孩出走之奇聞〉、浩〈奇案三則〉、挈〈莊票被竊案〉、公羽〈誤認事主為賊趣聞〉、雪村〈監獄的之病院〉、柳〈張骨董〉、哲〈松江顧某〉、抱寒〈照相〉等。

寓言如傖父〈尋不見和尚〉、鐵板道人〈社會人物兩面觀〉、陶醉〈指環遊記〉、樂天〈兩副面孔〉、醒生〈蠅言〉（351-356號）具警醒、啟發的作用。

愛情如鈍的〈第二次〉、吉〈閨謔〉、徐〈豆腐西施殉情記〉、冷紅生〈前塵〉等皆是。

技擊如陳戲冥〈女匪報妬記〉、英〈記梁海濱〉、今吾〈某僧〉、〈李生〉、蒲溪〈文人技擊〉、芳雨〈西安女子〉、怜〈白猴拳術〉、恤〈飛將軍〉（210號）、巢先〈南海巨盜〉（259、160號），若今之武俠小說。

五　笑話和諷刺

用「詼諧語」、「荒唐言」託意諷刺是《三六九小報》編輯的主要方向，純為笑話、諷刺或笑話兼諷刺者，本節將舉例說明如下：

哈仙在「新笑林」以文言書寫：

> 某處有跳舞變裝會。鐘鳴七下。士女戾止。或幻天仙。或裝神

父。五花十色。無奇不有。時有一紳士。亦驅車而至。革靴洋杖。神采奕奕。守門者竟拒納之曰。本夜為變裝會。君不變裝。故不敢納。紳士笑曰予正是變裝。蓋予本一市儈耳。今夜因欲赴會。故特借此假面目。裝個紳士。請君不要認錯。閽者啞然。（三十號二版）

作者善為滑稽之談，這篇寫的是化裝舞會，所扮多非現實中人，以反常為奇為美，哈仙卻反奇為常，出乎閽者意料之外。

署名「刀」者作〈聾佛〉云：

師　「知是知。」（音栽）

徒　「獅是獅。」（音士）

師　「知是心肝內之知。」

徒　「獅是深山內之獅。」（二〇七號二版「諧鈴」）

師生用北京話、河洛話雙語教學，亦可解為學生重聽而鬧的笑話，對白生動有趣，全文僅二十四字。

廢人作〈好講壽話〉：

村有老翁者。擁巨資。兒孫滿眼。可謂福壽雙全。然有怪癖。平素極忌不祥語。適七十生辰之日。兒輩鋪張揚屬。結綵懸燈。大做其壽。賀客雲集。于是老翁。令兒孫親朋婢僕。凡出口皆要出壽字。眾不敢違。有庖人欲需長板。慌忙不顧前後。喝家人速將壽板持來。賀客一時譁然。（四五六號四版「諧談」）

作者諷刺、調侃迷信吉祥語者求福反禍、欲益招損，庖丁無心，卻鬧了「不好笑」的笑話，勸人不應拘拘於隻字，斤斤於一詞。

林夢梅〈風鑑笑話〉云：

> 有某相士。其招牌大書「善觀氣色相人之貌」往鄉村求相。是
> 日。適大雨淋漓。將招牌上二字洗去。只存「善觀氣相人
> 之」。村中。某小姐。銅雀春深。小喬待嫁。小婢視之。密報
> 小姐道。門外來一位相士。善相婦人秘密處。而小姐深閨待
> 字。試問佳期請他試相後日幸福何如。小姐聞之。面泛桃花。
> 含羞怒道。小婢如此無禮。妾金枝玉葉之身。那堪被他亂相。
> 小婢答道。小姐毋乃癡甚。要他一相只將樓板鑿開一孔。將寶
> 貝向下。他那知是誰。小姐聞之有理。命小婢往請相士。相士
> 入門。視四壁無人。忙問道。是汝要先生相否。婢答非也。先
> 生請看招牌便知耳。果然僅存「善觀氣相人之」。但江湖嘴。
> 胡累累。視樓上一孔。詳細視畢道。掛之在高樓。相之不糊
> 塗。生女做太太。生男做公侯。小姐在上聞之。那時嚶然一
> 笑。小便難禁。將相士醍醐灌頂。其味無窮。相士搔首嘆道。
> 知我者為我心憂。不知我者為我何求。小姐在上答道。晴乾不
> 肯去。直待雨淋頭。（五十九號）

此則稍長，既謔且虐，相士、小姐、婢女皆遭嘲諷，於相士尤為辛
辣、刻薄，譫言狂語，符合「小」字臺音之意。[7]

擔糞居士〈屁彈錄〉云：

> 某縣以太公孫子將才孰優論為題場中有一文。
> 太公者。老子之老子。久歷戎行。可以登壇拜將。
> 孫子者。兒子之兒子。人猶乳臭。安能陷陣衝鋒。

---

7 幸盦〈釋三六九小報〉說：「按小字。……從臺音言，則與狂字同意。」（見創刊號
  一版）

　　　　試官見之大笑。斥其荒謬。然合觀各卷。半皆曳白。餘亦不成
　　　　文理。惟此尚能自圓其說。遂拔冠童軍。(二五九號)

誤解題義，拼湊成文之試卷竟拔為冠軍，其他可想而知。作者旨在嘲
諷科場士子不學無術，考官顢頇無能。

　　純為諷刺者，如「餘沫」欄海客云：

　　　　獄卒(向一期滿釋放出獄的囚徒)──朋友。我願你此番出
　　　　　　去。不要再胡鬧了。從此革面洗心。成為社會中一個有
　　　　　　用的人。
　　　　囚徒──謝謝你的好意。我願你也是如此。(一○九號)

獄卒訓勉囚犯要規規矩矩，「革面洗心」，囚犯反唇相譏，用以回敬，
是監獄中之黑暗違法，獄卒之無法無天必更甚於社會。

　　「諧談」欄中載〈婦唱夫隨〉一則：

　　　　失業者妻：「你這樣沒有事做，到底是難免一家餓死。不如我
　　　　　　暫回里。寄食母家。」
　　　　夫：「好的很。好的很。」
　　　　失業者妻：「你怎麼。歡喜呢。」
　　　　夫：「我亦可隨你喫得爽快，真是婦唱夫隨。」(四六一號)

作者佚名，此篇諷刺失業者好吃懶做，全無責任感、自尊心。

　　綠珊盦在同欄中撰〈萬事塞翁馬〉云：

　　　　某拜金家。視財如命。故事事非金錢不得解決。一日其家祝融
　　　　稅駕。一座大廈歸於烏有。其父於愴惶中受傷甚篤。諸親友可
　　　　憐之。接踵慰問。唯拜金家毫無介意。泰然自若云「家屋火災
　　　　保險五千。家嚴又生命保險一千。人間萬事塞翁馬。從此我成

富家翁矣。」（四六三號）

世有愛財如命，甚至將金錢看得比生命還重要的拜金主義者，火災至大至險，父親至尊至貴，失火者因有保險，自認因禍得福，所得大於所失，故泰然自若，全無悲戚憂懼之情。

六　偵探、獵奇與志怪

《三六九小報》的旨趣是以「消閒」、「談笑」為手段，「發揚漢學」、「保存文化」為目的，所以茶餘飯後的卮言是主要的寫作方式，笑話、諷刺之外，「燈前說鬼，紙上談兵，妄言妄聽，禪不礙乎野狐；大收廣收，骨定多夫駿馬。」[8]本節專言偵探、獵奇、志怪，狙擊留待下節討論。

閒雲〈奇獄〉案外有案，最可稱奇。「黃月半規」，夜色四合，車夫王五兒在南郭外載一醉客，至近城咫尺之麻布巷，見客僵臥不醒，以為暴斃，因拖屍棄路側，轉轍歸家。

縣令派幹探許德偵察，驗屍，「衹青蚨五百。復視舌。色不異常。……循轍而往。……轍止麻布巷王五兒家。……捉將官裡去。……乃盡愬。許疑信參半」，距陳屍處半里有古剎，遂厝屍中殿，遣劉、李二隸監之。殿東隅停一新柩，柩中人即富商白二。

「夜月朦朧」，飢寒交迫，劉隸外出取柴，李竊玉米，移時，「客屍暴起。張皇四顧。出殿徑起。」原來是醉客酒醒。二隸歸來，不見屍，大駭，以白二替代。

「仵作以銀針探屍喉。色變黑。蓋酖斃者。……五兒叫屈曰。即承殺人。亦不認屍。」觀者如堵，「五兒忽驚指眾中一人。大聲曰。此非昨屍耶。」原來是醉客與眾人圍觀，縣令榜掠二隸，始知為假屍。

8　刀水〈發刊小言〉（創刊號一版）。

　　白二之妻朱氏嬌婉孅娜，與夫表弟王崑有染，「會白染疾。侍藥入酖。雖朱為之。實王之謀。」（以上所引皆見38-41號）案情大白，一干人犯依法處刑。

　　此案情節雖有不少巧合因素，但執法人員諉過塞責，知法犯法，掩蔽真相，屈打良民，視重大命案如兒戲，若非醉客在人群中被車夫眼尖發現，豈非枉殺無辜，而白二案也無法偵破，讓真凶逍遙法外？現代人視力多不佳，更不易認人，執法人員眼茫心糊塗，加以賄賂公行，競走後門，冤案下的亡魂必更多於往昔。

　　獵奇搜秘也是《小報》的特色，花道人〈巧計〉云：

> 一婦人與隔鄰父子有私。一日其夫外出。遂招鄰子至。剛欲上床。忽鄰父來敲門。婦乃將鄰子藏於床下。開門納之。歡談有頃。又聞丈夫打門。鄰父大驚。便欲鑽下。婦急阻之。覓一扁擔付鄰父。後乃開門。其夫入。鄰父大窘。婦從容謂鄰父曰汝子不在此地。請往別處去尋。鄰父忙應聲逃去。婦復到床前。喚鄰子出。告子曰。汝父今去矣。汝須快走為是。鄰子道謝。遂亦遁去。其夫遂被瞞過。（六十號「蒲溪雜拾」）

俗話說：「賊計狀元才」，這位偷情的婦人急中生智，從容應變，談笑間將一場大風暴消弭於無形，直視三個男人如無物，與一般宵小相較，其間不可以道里計。此則故事若是獨家報導，固令人拍案驚奇；如係小道消息，可供談助；萬一為作者所獨創，則是鬼才一流矣。

　　野狐禪室主〈續聊齋〉記嘉義陳姓友人述「西門外大溝畔，有一廢宅。……有某甲者。性詼諧而好事。……當作惡作劇偽鬼以嚇之。……忽覺身旁有人面色灰敗。甲毛髮一豎。感覺其非人類。……共相拳擊。適有數人觀劇欲歸。各持打馬火。望見甲獨自一人。兩手張開。左右搏擊。大聲喝曰。是胡為者。甲恍然醒悟。問其故。為陳

其始末如此。是所謂與鬼廝打也。」（68號）偽鬼遇真鬼，足為惡作劇者戒。

作者又於同一專欄以〈陰陽求配〉為題，略謂天人旦「姿貌清秀」，婦阿桂風調「百媚千嬌」，天人煙友陳屋，係安平縣皂班，曾戲言欲娶桂為妻，夫婦知其謔，笑曰可。不久，天人病歿，阿桂嫁與鄭屋，「領臺之初，陳屋亦死，而阿桂忽病」，鄭屋請友人洪某療治，洪診脈知殆，囑備後事，次晨桂死，及晚復甦，謂陳屋在陰間告其嘗允為妻，問官知為戲言，判桂還陽，「正言間，忽又暈絕，是陳屋望備祭品衣服，」以治飢寒，「因以七月十五為期」，桂復甦。至期風狂雨暴，遂忘之，「至二十五日。桂復時昏時醒，洪某與陳屋魂約以五日為期」，三十日如約備祭，「自是以後，阿桂亦無恙。」（82-83號）陰鬼求配不得，復作祟求衣食，極為難纏。

茅港尾黃清淵〈新郎齋〉謂鷺島翁章祺言其姪在杭州「誤租康王故宮居之。……居無何。僕役輩中夜嘩言有鬼。甚至害病。且勸某君遷移他處。然某君固鐵錚錚之新人物。甚惡之。並斥其妄。」一夜見陌生老者「疊坐對面床椽」，「向他暫假數金。……言迄而沒」，次夜復見。「一夕風清月朗。……忽見一粲影。由荷池水清處而出，姍姍入室。……固二十許之漢宮人也。……然對麗人。不交一語。」（19號）科學家持無鬼論，作者服膺翁章祺之說：「設身臨實境。雖有科學亦無所用。」因舉此二例反駁。

七 狙擊武打

《史記》〈刺客列傳〉、〈游俠列傳〉開武俠小說之先河，至唐傳奇而俠義之風大盛，《小報》刊載技擊之作不少，茲先言今吾所撰〈某僧〉。

「年將耳順」習少林技某僧攜徒至香邑前山，「賣技藉謀升斗」，

「突有土豪某。糾集數十無賴。向僧索資」，僧允予五百錢，土豪強欲一千，終至比武。

土豪「年剛而立」，持五六十斤鐵扒，僧以破衲，「紐之若結繩」，纏扒尖，「扒立墜」，「指其胸，人立蹶」。

僧續南行，託路旁賣食老叟轉交藥丸予土豪，治內臟傷，土豪將丸擲河中，「荷扒直追，詎行數十武，病已作」（所引皆見41-42號）不到七日，一命嗚呼。

土豪以當地人欺生，不該者一；壯欺老，不該者二；強欺弱，不該者三；以鐵扒對破衲，不該者四；以眾暴寡，不該者五；落敗不認輸，不該者六；不自量力，負傷窮追，不該者七；辜負對方美意，不該者八；急怒攻心，擲藥丸不顧命，真真該死。

今吾又作〈李生〉，略謂李雖儒，亦習拳棒，一日散步，「不覺已入旗籍街。……睹一美婦。……方眉目傳情間。」「忽一人大聲斥罵。……舉拳向生猛擊。生急側身避。順手將拳略拖。其人已仆於地。」一壯者「欲捕生。生甫舉足。壯者立仆丈餘。一少年持雙刀猛砍，生將其「雙腕壹拖。手立頓。刀亦墜。」天已入黑，旗人越聚越多，生陷入重圍。「一和尚。年四拾許。……禪杖壹揮。眾皆倒退。」殺出重圍，生拱手致謝，並叩法號，不留名而去。

旗人自視從龍貴胄，每以眾凌寡，禪師見李生好身手，故仗義相救，「非望報者」（所引皆見43號）真如飛鴻，來去無蹤。

蒲溪〈文人技擊〉謂道光、咸豐間，常州七才子「不獨以文章見稱，且嫻技擊」，中以王古愚稱冠。

有劇盜脅江蘇巡撫中丞索十萬金，以一月為期，門客薦古愚，中丞見其貌寢衣敝口訥，以為無法捕盜，改請教子侄。

更闌，月明如晝，古愚演少林拳術，「變幻莫測。……忽中丞自後掩入。執古愚臂曰。……今乃知先生藝。誠天下無敵。」

中丞召盜飲，「率黨五六人。……酒半」，古愚喬裝為庵人，直撲盜魁，盜攀屋樑欲走，古愚執其足，「力擘之。身分兩半而死。餘盜均就縛。」（所引皆見66-67號）中丞以重金謝，不受而去。

古愚人如其名，淡泊名利，不縈於心，頗有古俠客之風。

以上技擊者分為方外、書生、文人，以下所言者為女子，芳雨〈西安女子〉可說是代表作。

故事的背景是八國聯軍之役。

吏部郎中薛熙一日閑行市上，見女子號哭，「年才垂髫楚楚可憐，……刻老母病臥旅舍。而腰纏又罄。是以出乞。」薛知醫術，女母已病入膏肓，投藥無效，為買棺安葬，欲送其回晉中，則不能道鄉里姓名，只好帶她回家，「自言願事太夫人。……薛母喜其秀慧。……字之曰秀姑。」過三年，明媚動人，欲為之擇婿，答已訂婚。

庚子拳亂，張德成蹂躪京師。八國聯軍陷津沽，薛奉母居城北鄉村。繼而舉家西遷，「狀為難民。……衣皆襤褸。紉金珠於內。從人僅一老僕與秀姑耳。」

林間呼哨，拳匪數百前來搶劫，「秀姑乃於身畔出雙刃直奔群賊。但見秀姑刃如疋練。夭矯龍舞。壹時頃。賊亡元中傷者貳百餘人。未傷豕突散。」至晚，秀姑跪言：「此去西安不過三日。壹路皆坦途。可不須婢子擁護。」問歸何處？曰：「向不言者。以婢子受主人葬母之恩厚。思得當以報。……今稍報涯以涘。亦當從先母命以完此終身事矣。」遍拜家人而去。

西安女子如紅線，身懷絕技，深藏不露，殺賊報恩後，鴻飛冥冥，難怪「薛惋嘆累日」（所引皆見89-90號）為晚清慘史增添動人的一頁。

八　短劇

　　《小報》以雛形短劇形態呈現的小小說，首推十六號丁某〈笑幕──狡猾的兒子〉，這簡短的獨幕劇，人物只有兩個，小孩了解母親多疑吃醋的心理，故作神秘，向她騙取四角子，全篇充滿逗趣、懸疑、狡獪的氣氛，最後答案揭曉，原來父親摩托車載的是「有鬍鬚的老伯伯」。場景是富麗的房間，情節由小孩的口白衍生。

　　丁某在三十八號又推出〈寸幕──諷刺劇分家〉，登場者為父、親生子、養子，篇幅更短。

　　三十五號新年增刊版出現了〈笑幕〉：

短劇　　　　　　　　　　　　　浚南

諷刺劇　唉唷

第一幕
（佈景）大旅館之樓上、用內地式的建設
（人物）紳士
　　　　時髦女郎
　　　　旅館下女
　　　紳士（繞膝而坐、時以手撚其卓必靈式的鬚、以口向女
　　　　　　郎耳邊私語）
　　　女郎（俯首若沉思）（頻注視紳士無名指上的鑽戒）
　　　下女（舉步欲入、見門緊閉、作訝異狀、從空隙窺之、
　　　　　　很難為情地掩面疾走失口道）唉唷
　　　第二幕
（佈景）結婚大禮堂

（人物）司儀人、主婚人、新郎、新婦、來賓（甲乙丙丁）

主婚者（頻注視新婦、現出驚異狀）

新婦（視線亦頻注視主婚者、急縮手遮掩其指上鑽戒、作難為情狀）

主婚者不期然而冒失口道新婦唉唷、

這短劇突顯人生的荒謬。一個騙情騙財騙物的女郎（或許是歡場女子）在自己婚禮上驚愕地發現受害者（紳士）竟是主婚人（可能是新郎的父親、祖父、叔伯、舅父）。作者充分運用了的「巧合」的情節，這已非單純的騙案，而夾雜著情色、物慾、財貨、倫理、婚姻的問題。主婚人必悔恨交加，他和新婦（女郎）的難堪、羞愧無人知曉，複雜的心情盡在一聲「唉唷」裡。這人間悲喜劇、諷刺劇深刻地在荒唐的路上進行，新郎和來賓永世不知，主婚人和新娘則畢生難忘。作者寥寥數筆，將閱歷、見聞、想像、才學陶熔於中，第一幕人少場景小，與第二幕的人多場景大；第一幕的冷中帶熱與第二幕的熱中帶冷，形成了強烈的對比。

下女的焦點是女郎和紳士，女郎專注紳士指上的鑽戒。賀客聚焦於新婦，新婦與主婚人目光焦點在鑽戒，它閃耀著似喜實悲、似笑實哭的光芒，劇名若以之為題，雖合旨趣，卻不如「唉唷」來得傳神。

從四十六號至一〇五號幾乎都有「寸劇」專欄，分由不同作者撰稿，茲舉六十五號樂天的〈孤注〉為例：

夫　咳！我的病。雖然厲害一點。遲早總會癒的。像你這樣整天整夜地憂愁。反正是自討煩惱。究竟於事沒補咧！

妻　唉！你免多心吧。我是在追悔。悔不該拒絕我媽的進言。倘照她的主張。早一個月。給你上了人壽保險。看到今天

　　　　的病勢。這筆橫財。的確跑不了哩！

還是社會諷刺劇，是家庭，也是個人與社會現象。

　　再看七十一號蒲溪的〈好大膽〉：

　　甲　老哥。聽說你今次。新從後山歸來。在那處有甚麼希奇的
　　　　事沒有。請你老談一回。讓弟拜聽拜聽。

　　乙　我有一日。在山間被一隻大蟲遇著。那時我手無寸鐵。只
　　　　好提起空拳。向大蟲衝去。當著牠要來咬我的當兒。我就
　　　　將右手去拿牠的下顎。左手捏牠的鼻子。將牠的口大大開
　　　　著。一直到牠餓死之時。我方才放手哩。

形式為對白，其實是乙自說自話，他吹牛的內容遠較施耐庵筆下的武
松、李逵還要厲害！

　　細心的讀者或許注意到樂天已經用了驚嘆號（！），而蒲溪也知
道用冒號（：）了。

　　八十四號由雙木生執筆的〈自由〉藉由師生、父子對話二幕，諷
刺當時一般人誤解自由真義，是問題劇，也是社會小說。

　　最後看諸羅散仙的〈短幕〉（127號）：

　　地方代表者——我××市內的臺北妓女。不下二百名。若一人
　　　　一日得二圓。一年有十四萬六千圓。此乃我市年年
　　　　窮困的原因。自地方經濟而言。須獎勵我市的婦女
　　　　為娼妓。即我市漸漸富有。

　　市民——是。是。不錯。不錯。請汝家的婦女先實行罷。

　　地方代表者……

民意代表良莠不齊，等而下之者往往包賭包娼，甚至自己開賭場、設妓院，勾結官府、黑道，逼良為娼，還立法鼓勵賭博，這些地頭蛇喪心病狂，市民建議他們家婦女率先操賤業，可謂快人快語，大快人心。

九　軼事和寓言

軼事以人為主體，有記古人者，如畸雲〈戴萬生笑柄〉言戴潮春土氣不文（1號）、〈文襄逸話〉記張之洞（13-14號）、〈狀元神射〉記王世清（21-22號），都在「史遺」專欄。

有記今人者，如胡魯〈兩個鬍子〉述視力不佳和紅蟳的故事（17號）；景山〈騙請害餓〉云學甲娶妻，塾師送紅包，中有銅錢一枚，謂：「要收是你貪財，不收是你癡獃。」學生不知如何是好，求救於妻，新婦用紅箋作答：「豎是柱仔腳壁，煮是不成筵席，要來是你顧食，不來是你食癖。」塾師前往赴宴，不久，聞「煎炒沸騰，香氣撲鼻，但經過數時，卻無動靜，師忍飢待至晚脯」，婦將滾水潑犬，犬負痛奔出，婦大聲喝道：「此犬平時極辨顧食，今天應該叫牠在此受罪受罪。」師知誚己，「倉皇遁出。」（皆見20號）一時傳為笑柄。

古圓〈善於應用〉謂清季某軍長以父廕得官，「軍事學識實屬門外漢。」唯其少年之時，嘗閱過三國演義、說唐、說宋等古冊頗多。」一日開軍事會議，甲論乙駁，舌戰紛紛，某高聲叱曰：「汝等議論雖多，實無一中用者，我以一言決之，軍人唯忠君愛國就好。」部下莫名其妙。

某於軍職雖僅具軍服架子，但善於應用說不，可謂不學有識，是當時軍事將領之一特色。（見37號）

花道人〈作合〉寫縣令斷案，略謂有善政，一邑之人敬如父母。曾有美女子惡夫貌寢，歸寧後「長齋繡佛」，不返婆家，夫遂控於

官，公再三勸說，「女意不回」，因命閹豬者至，將女「伐去情根」
（見20號）女大驚，願遵明斷，與夫和好。

專制時代人治超乎法律，縣令這種處置不足為訓，可以處變，切
勿習以為常。邱濬川〈詩話趣聞〉謂某生妻賢而美，鄰右寺僧吟曰：
「月皎潔兮風清清，清風明月弄竹聲，此語莫與俗家聽，只恐俗家欲
作僧。」誘生出家。

妻惡僧惑夫，作詩云：「清清飯兮白白肉，小娘腳腿白如玉，此
語莫與僧家聽，只恐僧家欲還俗。」使夫朗誦。

既久，僧「一片春心。隨聲飄蕩。竟捨袈裟。還俗娶婦。」（32
號）作者讚士人妻「慧而點。」

寓言意在言外，有警醒、啟發的作用，試以二十二號、二十四
號、二十五號的〈指環游記〉為例，作者「陶醉」以環環相扣的手法
鋪敘情節，翡翠樓的富翁以一千二百大洋在萬國珠寶公司購一只鑽戒
給四姨太，翌日深夜她在亞洲大旅社將它贈與小白臉阿根，他轉送銷
魂橋北妓樓琪香，她又以之討好武生玉麒麟，旋為黑衣人持槍劫去，
在富翁開設的賭場輸掉，再度戴回四姨太指上，不知就裡的富翁直
說：「天作之合，無獨有偶。」其實還是原來的鑽戒，作者結尾道：
「總是那只鑽戒。不甘寂寞。昨夜又出門游歷去了。」如此周而復
始，迴環反復，九易其主，還會不停的「游歷」下去。

天道好還，來得不乾淨，去得不明白，無所謂「終」，更無所謂
「始」。

十五號增刊一版刊出鐵板道人〈社會人物兩面觀〉，以大和尚、
議員、長老、新人物的正反兩面對比他們的真與假。

大和尚在大雄寶殿的功課唸《心經》：「色即是空。空即是色。」
其禪房私帳則記載收某姑歡喜緣金六十圓、某官送牛肉汁和魚肝油，
和尚送某姐香水，還春藥店鹿茸、壯陽丸「舊賬三十六圓九角。」

議員對社會宣言：「這是我們同胞的生死問題。將來鄙人當效死力爭。」議場內說：「民可使由之。不可使知之。」

長老在教堂：「阮兄弟姊妹。相共懇求我的上帝。赦免阮的罪。……阮謹記住你所教示阮的十誡。……」在情婦房，知她有「五個月身孕。」答曰：「總是上帝創造。這與我有何干……」新人物於演臺上：「男女平權……解放……自由……社交公開。」在家裡跟太太說：「你以後凡要出門。總要受我許可。……有人看見你在×舞臺。和一個六十多歲的男子說話。」作者無情的揭露這四種類型人物公開場合與私密生活的不同嘴臉，不評一字，盡得其實。

十　世情與愛情

世情複雜多變，閱歷豐者亦難盡窺，初涉社會往往受騙，雲夢〈巧騙〉敘述值七千金的米騙案，金某三人「攫得鉅款，鴻飛杳杳，逍遙法外」，而讓有義氣的少年王某「郎當入獄」（見476-478號）這位譜弟相信「有福共享，有難同當」的誓言，結果是有難獨當，福讓三位契兄共享。作者撰此以為涉世未深者當頭棒喝！

有以「實」為筆名者撰〈老江湖倒運〉，謂星相家周璧臣，人稱老江湖，卻為自稱姓劉者所騙，所謂八十歲老娘倒繃於三歲小兒之手，可不慎哉？（見475-477號）

陳戲冥〈女匪報妌記〉寫黑社會，農家女李娘，年方二八，為江淮股匪所擄，匪首李某納為小星，授以武技。李某「與官兵格鬥，中彈殞命」，她被推為首領，女扮男裝，馳騁江淮間。

後厭棄綠林生活，「深夜遁去」，投紳董朱某為側室，大受寵愛，朱妻視若眼中釘。娘求去，索盤費，不得，含恨離開。

過兩月，古曆大年初三，娘扮男裝，「率精壯三十餘匪，斷朱首級。……妻又身首異處。……餘人死於刀下者都八口。」（見431-432

號）妬之害人大矣！

四二一號載雪泥叟轉錄〈新人原是舊妻〉，茲刪節如下：

> 遼陳東郭商人某。……時有藏嬌念頭。致與老妻反目。詬誶時
> 聞。某日迫妻歸寧。以為納妾時機到矣。……隨媒往相。一見
> 傾心。乃授以五百金作納采禮。……賀客盈門。少頃彩輿臨
> 門。新娘從轎中一躍而下。某趨視。回頭便走。蓋新婦即舊妻
> 也。

原來這場鬧劇是老妻偵知，設計懲戒老夫的，還是基於吃醋的心理，
但結局較李娘主導的溫和得多。

王登輝著〈可憐的采蓮〉，以悲憤憐憫之筆敘美麗的良家女淪落
風塵的慘遇。

白采蓮因父親逝世，與母相依為命，母為人浣衣，采蓮造花，自
食其力。不久被同為淞村的豪公子看上，以重金啗母，贏得采蓮的身
心。過了一年。喜新厭舊，移情別戀，經此打擊，追悔莫及，母親染
傷寒，撒手人寰，采蓮「伶仃無靠」，為餬口而「投身娼寮」。

生張熟魏的生活過了兩年，染上梅毒，恩客漸少，典當衣釵，卻
治不好，臨死恨聲曰：「我采蓮會墮落為娼，以至於死，盡是此萬惡
資本主義社會之所賜。」（見252-255號）。

這篇小小說將采蓮的淪落慘死，歸咎於資本主義，由於寫作技巧
不高，流於觀念的獨白，無法引起讀者的共鳴、感動。

愛情小說中之悲情短篇有恤所作〈臨嫁之夕〉，寫容姑於歸之日
「悲傷憔悴」，因新郎非所悅意，她喜愛的是浣花，無奈母命難違，
花嫁日即是斷腸時。（見261-262號）。

吉所作〈珠江塵影記〉旨謂一見鍾情卻無緣結合，空留遺恨。作
者用第一人稱追述八年前在關西某中學畢業前夕與三五知己泛舟珠

江，邂逅校書碧金，「心愛好之」，但對方「祇清歌侑酒，不能以色相示人」，作者戲挑，碧金自云：「先人本患瘋疾，未及三代，今若此俱顧眼前之樂，致貽身後之憂，妾百死亦不足以贖其辜矣，……良緣或候來生。」（435-436號）作者愧謝而返。次年元月八日，祝融肆虐，花舫成灰，碧金存亡莫卜。

亞雨〈琵琶殲情記〉也是追憶戀情，與上篇不同的是主角為作者友萬鏞，杭州人，十二歲隨父習琵琶，過七年，父卒，「家無宿粒」，「寄食姨家」。弱冠，「藝大進」，民國八年，至上海謀職，值江浙水災，滬上發起音樂賑災大會，鏞登臺獨奏，為西人諾爾賞識，邀其至家，識女主人麗特及女薇娜，薇娜年方二九，擅提琴。「一日，麗特主開音樂會。……晚跳舞」，薇娜找鏞為侶，愛苗漸茁。後諾爾舉家返國，「桃花人面。一腔熱淚向誰灑。地老天荒。此恨綿綿曷有極。」（454-455號）鏞哀恨交集，黯然去國，不知所終。

冷紅生〈前塵〉記崁南懺綺生與小韇之戀，二人同嗜電影，曾觀〈青春路〉，韇自語較劇中人尤痴。次年春，韇病，歸家靜養，日愈沉重，懺綺誓言：若有不測，願為其料理後事（45-57號），語摯情真，聞者無不動容。

蠶絲放庵〈浪愛〉以書信體寫秋娘的苦戀，她愛上見異思遷的阿林，她是他「第七個情人」，自言「我愛阿林愛定了。任是阿林這般薄情。而我還在抵死纏綿。……我為了阿林受盡千辛萬苦」，原來她被叔父「禁閉在一間小樓上」，不到一個月逃了出來，打聽到阿林在上海，千方百計「冒險單身到了」，卻發現他和別的女人同居。最後她被叔父「賣給人家做妾了。」（339-342號）但還希望和阿林見一次面，而阿林已經有第十八個情人了，真真痴心女子負心漢。

署名「徐」所著的〈豆腐西施殉情記〉，故事簡單，略謂豆腐店陸老闆女兒瑞寶，秀外慧中，讀女校時與鄰校殷生日久生情，山盟海

誓，然「殷氏為富室望族」，父不同意，子遂自戕，瑞寶登門，「撫屍大慟」，為殷父所逐，女致書殷父，中云：「你說你兒子由我而死，我卻說是由你而死，因為你虛榮心重，梗阻我倆的好事。」（429-430號）語極激烈，書畢自殺。

結論

三十年代的臺南處於古今相會、土洋合流、東西匯聚、新舊交替的時刻，《三六九小報》應運而生，三日一見，月始九現，既欲介紹引進新知識，又要保存發揚舊文化，在新聞掌控、報紙查禁的律令下[9]，加上知識分子消費階層的出現，只好走幽默休閒的路線，官方技術性的干涉[10]，作家和編輯揮不去心頭的陰影，一次刊畢或數號完結的小小說最受《小報》歡迎。

小小說或用文言，或用白話書寫，而文言多於白話，因為作者以舊文人居多，或兼受私塾書房啟蒙和新式教育，也有文白夾雜書寫者。

就題材言，已有不少新事物，如化裝舞會、保險等，迷信、相命、科舉皆被嘲弄，女性漸有自覺意識，囚徒反諷獄卒，慢慢有了人權觀念，文人借題發揮，微露司法人員操守不佳的批評。

偵探、獵奇、志怪除滿足讀者的好奇心和窺伺慾之外，多少受聊齋鬼狐之說和傳統神道觀念的影響，〈奇案〉一則已略具現代知識。狙擊、武打仍落舊小說窠臼，跳不出樊籠。

9　大正六年（1917）12 月 18 日統治當局頒布〈臺灣新聞紙令〉，採許可治制、保證金制、檢查制，管制出版、研論自由。

10　刊物會受到食割、伏字、鉛屁股的處分。

　　短劇如小型話劇，布景、道具、人物、題材朝新的方向開拓、進行。軼事包羅古今人物；寓言以〈指環游記〉為最佳，一只鑽戒映出了眾生相；〈社會人物兩面觀〉批判性很強，對公眾人物的假面目予以嚴酷的揭露。

　　世情之作頗為全面，像一面大魔鏡，無遠弗屆，無微不顯，千變萬化盡在其中。愛情短章多以悲劇收場，不脫當時新文學戀愛悲情的模式，缺乏感染力。

　　《三六九小報》的小小說依題材分，筆者以為除上述十類較具代表性，其他篇數較少的問題和幻情之作[11]，代表性不足，故予以從略。

---

11 問題小小說如舍我〈博愛與利己〉，幻情小說如守頑〈鸚鵡夢〉（六十至六二號）。

引用文獻

江樹生譯註　《熱蘭遮城日誌》第一冊　臺南市政府　2002年8月

連　橫　《臺灣通史》　臺北市　眾文圖書公司　1979年5月

趙　升　《朝野類要》　臺北市　臺灣商務印書館　1966年3月

趙雅禎等　《三六九小報》　臺南三六九小報社　1930年9月9日至
　　　　　1935年9月6日

顏元叔主編　《西洋文學辭典》　臺北市　正中書局　1991年

臺灣文學研究與作家介紹

論東吟社的浙地因子

前言

明鄭時期雖有詩會雅集[1]，卻未結社，成立於康熙二十四年（1685）的東吟社是臺灣第一個詩社，其成員涵蓋福建、浙江、江蘇、安徽、江西、陝西六地，因篇幅所限，本文僅論浙地。

一　東吟社的浙地成員

東吟社原稱「福臺閒詠[2]」，亦稱「福臺新詠[3]」，蓋合省郡而為言[4]。沈光文〈東吟社序〉列舉了十四位社員，即季麒光、華袞、韓又琦、陳元圖、趙龍旋、林起元、陳鴻猷、屠士彥、鄭廷桂、何士鳳、韋渡、陳雄略、翁德昌、沈光文。季麒光〈東吟詩序〉提及的十二名中與沈〈序〉相同者六，所異者為趙行可、陶禎錫、林奕、吳渠、楊宗城、王際慧，合計二十人。

二十人中籍隸浙江的五個人是沈光文（寧波）、陳元圖（會稽）、屠士彥（上虞）、韋渡（武林）、陶禎錫（山陰），茲簡述其生平如

1　見龔顯宗〈論鄭經在臺灣文學史的地位〉，《從臺灣到異域》（臺北市：文津出版公司，2007 年 8 月初版一刷），頁 21。
2　參龔顯宗〈由沈、季二序看東吟社〉，《文史雜俎》（臺北市：文津出版公司，2010 年 12 月初版一刷），頁 23。
3　同上註。
4　同上註。

下：

　　沈光文（1612-1688），生於明神宗萬曆四十年，字文開，號斯庵，天啟七年（1627）補博士弟子員，崇禎三年（1630）中副榜，九年（1636）以明經貢太學，唐王隆武二年（1646）參預畫江之師，紹興破，侍從魯王奔閩海。桂王永曆元年（1647）晉工部郎中，二年（1648）任兵部職方郎中，三年晉太僕少卿，四年監鄭鴻逵軍，五年（1651）遇颶風飄至今宜蘭，翌歲輾轉到現在的臺南，從事教育、行醫、吟詠和田野調查，至康熙二十四年與同好組東吟社，卒於康熙二十七年。其著作現存詩一百十四首、[5]古文二篇、賦與駢文各一、雜記十二則。[6]

　　陳元圖，字易佩，江陰名士，佐季麒光於諸羅縣，雖是僚屬，卻是莫逆之交，「抵君之掌抱君膝，笑談揮灑憑前席」（季麒光〈壽陳易佩〉）頗為相得。陳氏常片言折獄[7]，深受稱許，彼此詩文往來，連篇累牘。陳氏著有〈制軍姚公平臺傳〉、〈靖海將軍侯施公記〉、〈蔣郡守傳〉、〈沈縣令傳〉、〈明寧靖王傳〉、〈輓寧靖王詩〉、〈過寧靖王故宮〉等。

　　韋渡，字念南，與季麒光同舟赴臺，夜泊澎湖，作詩，季氏和之。季曾撰〈視事諸羅二首〉，係和韋韻而作，兩人是縣令幕僚關係，亦為詩友。季五古〈韋子雪苑相別三載，來自粵東，余驚故人之相見也。即用其扇頭原韻以誌之〉云：「之子淡蕩人，好奇事探幽，……素懷本磊落，腰有青吳鉤。」足以見念南胸懷性格。

5　沈光文存詩今可見者：五古三首、六古一首、七古二首、五絕二首、七絕十九首、五律五十七首、七律三十首，合計一百十四首。

6　見龔顯宗《沈光文全集及其研究資料增編》（臺南市文化局，2012年11月）、《沈光文集》（臺南市：臺灣文學館，2012年12月）。

7　李祖基點校《蓉洲詩文稿選輯》（香港：人民出版社，2006年1月一版一刷），頁16-17。

陶禎錫，號寄庵，季麒光〈送陶寄庵歸浙〉二首云：

> 飄零相惜幾分秋，執別樽前淚黯流。落日輕帆魚陣穩，斷烟長
> 鋏雁聲愁。人歸異地傳新語，親向高堂數舊游。此去懸知相憶
> 處，鑑湖寒月正悠悠。不堪今日送君行，誰問天涯舊雨情？書
> 卷空囊歸路好，波濤明月旅愁平。頻年杖策身難定，萬里還家
> 淚欲傾。為道江南憔悴客，詩成乞食付簫聲。

一云「舊游」，再云「舊雨」，不僅為社侶，且是舊識，天涯漂泊，故
送別依依難捨。

屠士彥字仲美，詩文不傳，但沈〈序〉謂初會至第四「人俱如
數」，可見他也有課題之作，初會題為〈東山〉，次會以〈賦得春夜桃
李園〉命題，惜今亡佚。

東吟社的成員中浙籍人士占了很大的比率[8]，沈光文更是指標性
的人物，其原因不可不探，茲分史地、學術、詩社詩派、人才四項探
本溯源。

二　浙江的史地

浙江在錢塘江兩岸，北接江蘇，南連福建，西鄰安徽、江西，東
為東海，具江海湖山之奇，氣候溫和，雨量充沛。

夏禹治水，東到會稽，春秋時代是吳越領土，三國時東吳大力經
營，西晉末五胡亂華，司馬氏南遷，建立東晉政權，南朝宋、齊、
梁、陳與中原分庭抗禮。隋祚不長。唐末大下大亂，浙江得天獨厚，
雞犬不驚。吳越王錢鏐據浙，百姓安樂。趙宋政治重心漸由北而南，
靖康之變，康王趙構南渡，浙地日愈重要，元祚短暫，明朝開國元勳

8　福建七人，浙江、江蘇各五，安徽、江西、陝西各一。

多出於此，至南明氣節之士起而抗清，沈光文即投身於魯王、桂王陣營。

南北戶口消長，以宋代為關鍵，據章潢統計，東南戶數在西漢僅居全國十分之一，至宋神宗元豐八（1085）年已占一半[9]，南渡以後，江南較江北稠密，元初江南人口超出北部四倍有餘[10]。龍文彬《明會要》載明洪武二十六年，中國戶一千零六十五萬二千八百七十，口六千零五十四萬五千八百一十二，南方浙江、江西、湖廣、福建、廣東、廣西、雲南、四川八省，計戶六百四十四萬五千六百八十三，口三千四百三十萬六千一百六十五，僅浙江一省戶即有二百十三萬八千二百二十五，口一千四百四十八萬七千五百六十七，居全國六分之一，其富庶可想而知。

中國向以農為本，唐玄宗天寶之前北盛於南，安史之亂，南方兵革不擾，人口大增，生產力提高。五代吳越置都水管田使，至宋水利尤興，灌溉既便，獲物自多。元末張士誠開白茆塘，明太祖整理疏濬閘壩陂堰[11]，田地充分開發利用，加之氣候溫和，雨量適度，故農業愈盛，歲有餘糧。

江南既是魚米之鄉，又富海鹽之利，為財賦之地，軍國之費多出於此，浙江更形重要。

就商業而言，元代商稅額數最高的是浙江行省，朱明迅速走上安定繁榮的途徑，大城市多在東南，南京人口就有一百多萬。杭州次之，其後才是揚州、蘇州。

9　參章潢《圖書編》卷三十四。

10　一千九百七十二萬餘口比四百七十五萬餘口。

11　《明政統宗》曰：「（洪武）二十七年，諭工部：陂塘湖堰可蓄洩以備旱潦者，皆因地勢脩治之。乃分遣國子生及人才遍詣天下，皆脩水利，凡開塘堰四萬九千八百八十七處。」

就工業言，南方夙優於北，造船、造紙、印刷、鑄錢、製茶、礦冶莫不如此[12]。他如織染、陶瓷、竹器、漆器、藤器、雕刻、筆、墨、硯臺，至宋南方亦凌駕於北[13]，浙江為其重鎮。

三　浙江的學術

錢塘江中分浙省，浙東有寧、紹、溫、臺、金、衢、嚴、處八府，浙西含杭、嘉、湖三府。

金華府轄金華、蘭谿、東陽、義烏、永康、武義、浦江、湯溪八縣，河川交錯，山嶺稠疊，林壑深邃，古洞仙巖甚多，地靈往往人傑。

金華文化發皇甚早，沈約是齊梁文宗，唐有駱賓王、皇甫湜，宋則毛滂、宗澤，康王南渡，兩河文儒士族多僑居於此。呂祖謙寄寓金華，首開講學之風；陳亮生長永康，鑽研王霸之學，遂成事功一派。宋末何基、何柏師事黃榦，以理學真統自命，門下金履祥不仕於元，傳於許謙，旁衍黃溍、吳萊、柳貫，再傳於宋濂、王禕，其他若胡翰、蘇伯衡也籍隸於此，對後世影響甚大。

祖謙是本中之姪，本中博通當代文獻，又著《紫薇詩話》、《江西宗派圖》，文章道學並重。祖謙本人淵源濂洛，深於毛詩，撰《呂氏家塾詩說》，編《皇朝文鑑》，因主張用世，又致力史學。大致而言，其說主敬，言良知、理氣、正己，論治道以致用，是道學、史學、文學兼備之士。

---

12 江南在劉宋時造戰艦千艘。造紙中心多在南方，皖南、浙江盛產好紙，東晉已能製藤紙、布紙，南朝發明防蛀之法。南方礦產開發遠盛於北，尤以銅礦為最，鑄錢業規模宏大。茶亦盛產於南，唐德宗開始徵茶稅，南宋大量外銷。見陳正祥《中國文化地理》（臺北市：木鐸出版社），頁8-9、頁14-15。

13 北方絲織業原盛於南，但到南宋江南轉盛，北宋以前，陶瓷多產於北方，宋室南渡，生產重心轉而南移。北宋溫州漆器全國第一，宣州毫筆勝過汴梁，雕刻硯臺亦南優於北。見陳正祥《中國文化地理》（臺北市：木鐸出版社），頁6-7、15-16。

　　陳亮號龍川先生，其學自孟子後即推王通，喜談兵，著〈酌古論〉，考古人用兵成敗之跡，又上〈中興五論〉，留意事功經濟之學，影響所及，永嘉人陳傅良、薛季宣、葉適皆究心經制，創立「永嘉學派」。

　　元朝金華之學以金履祥為開山，金氏喜談尚書、春秋之微言大義，以治史考論經制，傳至許謙，義理之外，也不廢詞章。柳貫則將義理注入文章，自經學考述禮樂制度。到宋濂、王禕，兼取龍川經濟事功之學，佐明太祖平定天下。

　　金華學派在性理之外，既詳習詩書六藝，且欲經世致用，高倡民族大義，故不若一般道學家純重躬行，鄙薄文藝。

　　沈光文是陸九淵門人沈煥後裔，煥不尚空談，躬行實踐，能聞過自訟，與祖謙極辨古今，宏覽博考，講學於月湖之竹洲。煥之九世孫沈元知南陵縣，發帑賑濟，全活甚眾，擢監察御史，持正不阿。至沈明臣，山人本色，一代詩家。光文親炙倪元璐、劉宗周、黃道周。

　　倪元璐之學以易為宗，而在理數之間，尤重力行，甲申殉國。劉宗周之學在中庸，正己克己，認為用人須「先操守後才望」。黃道周深精於易，為開物成務之學。

　　如上所述，光文師承，所重在經學，崇尚氣節，不喜空談，對其行事文章影響很大。

四　浙江的詩社與詩派

　　浙江是學術重鎮，經史之學以永嘉、金華、寧海、東陽、平縣、鄞為盛，子學也浙東盛於浙西，文學亦是浙東較強，義烏、金華、天臺文士最多，浙西則以錢塘為中心。刻書固多，宋濂藏書數萬卷，臨海陳瑛亦築萬卷樓以貯。

　　學術盛，刻書多，藏書富，於創作大有助益，詩社文社林立，蔚

為風氣。

元朝社事多集於東南，迨其末葉，兵革紛擾，士大夫結社唱和，排遣岑寂，東南避地之士，以文酒消憂解愁。因而詩社驟增，單以浙地而言，其尤者有浙西濮仲溫的聚桂文會、謬思恭的南湖詩會、餘姚劉仁本的續蘭亭會、海昌周勳茂的詩文社會、甬上蔣遠靜諸人的詩社，談文論藝，更是騷人墨客流連之處。《明史・文苑一・張簡列傳》云：：

> 當元季，浙東士大夫以文墨相尚，每歲必聯詩社，聘一二文章鉅公主之，四方名士畢至，讌賞窮日夜。詩勝者則有厚贈。臨川饒介為元淮南行省參政，豪於詩，自號醉樵，嘗大集諸名士賦〈醉樵歌〉，簡詩第一，贈黃金一餅；高啟次之，得白金三斤；楊基又次之，猶贈一鎰。

獎賞豐厚，對吟詠具有推動的鼓舞力量。

錢謙益《列朝詩集小傳》也說：

> 方氏盛時，招延士大夫，折節好文，與中吳爭勝。文人如林彬、薩都剌輩，咸往依焉。至正庚子，仁本治師會稽之餘姚州，作雩詠亭於龍泉左麓，彷彿蘭亭景物。集名士趙俶、謝理、朱右、天臺僧白雲以下四十二人，修禊賦詩，仁本自為之敘（甲前集）。

上位者方國珍大力提倡是浙地詩社盛行的原因之一。

詩社多分佈於城市與名勝地區，前者如杭州、海寧，後者若東陽之峴山、杭州之西湖。

詩社既立，社員往往意見相似相近，甚或相同，作品出現近似的風格，漸漸形成詩派，而風格和意見近似者也易結成詩社，胡應麟嘗

謂明初有五詩派，越派昉劉基，吳派昉高啟，閩派昉林鴻，嶺南派昉孫蕡，江右派昉劉崧，[14]多有結社之舉，詩社與詩派關係之密切由此可見。

越派又稱浙派，不僅指詩派，也指南宋浙派琴樂、明代戴進的畫派，清朝的詞派和篆刻[15]，本文所論以詩派為限。

元末明初較知名的越派詩人十七家，其籍貫分佈如下：

錢塘：瞿佑生於元至正元年，卒於明宣德二年（1342-1427）。
　　　凌雲翰約明洪武五年（1372）前後在世。
會稽：錢宰生於元大德三年，卒於明洪武二十七年（1299-1394）。
崇德：貝瓊生於元延祐年間，卒於明洪武十二年（？-1379）。
慈谿：烏斯道約至正二十七年（？-1367）前後在世。
臨海：朱右生於元延祐元年，卒於明洪武九年（1314-1376）。
上虞：謝肅約明洪武八年（1375）前後在世。
　　　葉砥生於元至正二年，卒於明永樂十九年（1342-1421）。
天臺：徐一夔約元至正二十一（1361）年前後在世。
寧海：方孝孺生於元至正十七年，卒於明建文四年（1357-1402）。
金華：胡翰生於元大德十一年，卒於明洪武十四年（1307-1381）。
蘇伯衡生年不詳，約卒於明洪武二十一年（1388）。
義烏：王褘生於元至治二年，卒於明洪武六年（1322-1373）。
浦江：宋濂生於元至大三年，卒於明洪武十四年（1310-1381）。
永嘉：張著生卒年不詳。

---

14 見胡應麟《詩藪續編》卷一。

15 南宋鄭沔整理並創作琴譜，浙派遂在樂壇獨樹一幟。戴進，錢塘人，創立浙派畫，傳其法者為吳偉、張路、何適、藍瑛。詞學浙派則以朱彝尊、厲鶚、彭孫遹、李良年、李符、沈岸登較著。又籍隸錢塘的丁敬篆刻力復古法，採擷眾長而自成一體，與蔣仁、黃易、奚岡稱西泠四家，加上陳豫鐘、陳鴻壽、趙之琛、錢松合為八家。

青田：劉基生於元至大四年，卒於明洪武八年（1311-1375）。

龍泉：葉子奇生卒年不詳。

到武宗正德十六年（1521）舉進士第的周祚，籍隸浙江山陰，著《周氏集》、《定齋集》，屬前七子派系統。嘉靖二十五年（1546）中進士的王宗沐，是臨海人，有《敬所文集》，與李先芳、吳維嶽結社，王世貞由他介紹入社。

末五子之一的屠隆，鄞縣人，飲酒賦詩，縱遊山水而不勝吏事，罷歸，卒年六十四（1542-1605），作《鴻苞》、《由拳》、《白榆》、《采真》、《南遊》諸集。

嘉靖二十九年（1550）中進士的吳國倫，祖先嘉興人，後七子之一，有《甔甀洞正續稿》。

胡應麟（1551-1602），蘭谿人，名列末五子，記誦淵博，撰《少室山房類稿》、《筆叢》、《詩藪》。

章适，蘭谿人，嘉靖二十六年（1547）進士，問詩於謝榛，與馮汝強、汝言昆季往還，著《道峰集》。

徐學詩，上虞人，嘉靖二十三年（1544）進士，與謝榛、張子畏論詩，撰《石龍庵詩草》、《龍川詩集》。

徐文通，永康人，徐學詩同年進士，問詩於謝榛，與李攀龍、王世貞、朱伯鄰、馮汝言、吳維嶽、徐汝思唱酬。

沈寅，山陰人，嘉靖三十五年（1556）進士，與謝榛交遊。

童漢臣，錢塘人，嘉靖十四年（1535）進士，與謝榛往還。

方九敘，亦錢塘人，嘉靖二十三年（1544）進士，與後七子來往，有《方承天遺稿》、《十洲集》。

范大澈，鄞人，與謝榛遊，有《灌園叢說》、《臥雲山房遺稿》。

樊獻科，縉雲人，嘉靖二十六年（1547）進士，與後七子往還，於謝榛尤密。

高應冕，仁和人，嘉靖十三年（1534）進士，與謝榛唱酬，有《白雲山房集》。

王國楨，山陰人，嘉靖十七年（1538）進士，與謝榛、申伯憲遊。

莫子明，浙東人，與謝榛、張德裕唱酬。

以上所列舉者都加入了一個詩社，甚或數個詩社，因而形成前後七子的擬古派。明末清初能詩的浙江人士名聲較著者是朱之瑜、黃宗羲、朱彝尊。

朱之瑜，餘姚人，生於明萬曆二十八年（1600），康熙二十一年（1682）卒於日本江戶，其《朱舜水集》中有〈泊舟稿〉十五首詩。

黃宗羲，餘姚人，生於明萬曆三十八年（1610），卒於清康熙三十四年（1695），著《明儒學案》、《宋元學案》、《明夷待訪錄》、《南雷文定》、《南雷詩歷》。

朱彝尊，秀水人，生於明崇禎二年（1610），卒於清康熙四十八年（1695），著有《膾笑集》、《敬志居詩話》，編《明詩綜》，又長於詞，是浙派的重要詞家。

五　浙江的人才

中國人才在西漢首推山東，後漢河南，三國東吳人才輩出，山越之地漸經開發，及於交、廣、魏晉以後，南方學術日昌，東晉播遷，漸有凌駕北方之勢，隋時文化重心已由北而南，但到唐代人才還是陝西最盛，北宋又是河南，南宋以降，則漸趨於長江流域[16]，此與經濟發展、城市繁榮有關，南方文化既愈精進，文運遂日盛於北。元初文人雖北多於南，其後則南多於北。

---

16 丁文江〈漢唐宋明各代人物之地理的分佈〉一文從二十四史列傳選出籍貫可考者，五千七百八十三人，依代按省而得出的結果。

　　明初開國勳臣謀士多是浙人，文學家更冠於全國。科舉分南北榜，固源於北宋傳統和元朝將蒙古人、色目人、漢人、南人分榜的考試政策，也由於漢唐以來南北社會經濟發展不均所致，且影響到南北學風、科第與仕進。大致而言，江北文詞質直，江南文詞豐贍，故中試者南多而北少。據明史宰輔年表，一百八十九人中南方占三分之二強。

　　太祖任用者多為南士，因東南是富庶之區，復承南宋學者餘緒，俊彥之士多出其間。建文朝大臣勢力仍在南方，會試亦多錄取南人。如此，文士多出東南，浙派文風盛行，自不足怪。浙人不僅擅詩文，且工於品藻。

　　溯源尋本，漢代趙曄已有《吳越春秋》之作，袁康亦撰《越絕書》；東吳闞澤、虞翻挺拔傑出，東晉王、謝望族多居浙東，王羲之書法冠絕古今，謝靈運山水詩稱盛一時，南朝文采風流，沈約、丘遲、江淹、吳均、謝惠連都是浙江人。

　　唐虞世南、駱賓王、賀知章、孟郊、陸贄為兩浙人文增色不少。宋代人才輩出，金華的呂祖謙、王柏、何基，永嘉的葉適，吳興的張先、周密，紹興的陸游，鄞縣的吳文英，錢塘的周邦彥，臨安的張炎，慶元的王應麟皆其尤者。元代則有金履祥、張可久、趙孟頫、楊載、楊維楨、黃溍等人，可說源遠而流長。

　　朱明遺老憫時念亂，多激楚之聲，孫奇逢、李顒、顏元、李塨是其尤者。單以浙東而論，朱之瑜、黃宗羲、沈光文是值得討論的對象。

六　浙東遺老的影響

　　張廷枚《姚江詩存》引曰：

　　朱之瑀，字楚嶼，有《泊舟稿》。徐闇公曰：「予近與柴樓諸子結詩社，始知浙東風尚，各以孤峭之質，傳幽渺之音，自闢町畦，不隨

時好。比見楚嶼詩，神清詞奧，猶抱古心，信浙東多奇士也。」張秘
湖曰：「楚嶼詩寄旨遙深，含情幽怨，讀者當索之於言外。」

　　將邵二雲搜集的朱舜水十五首詩編入，即〈遊仙詩〉十二首、
〈吳霞舟先生惠詩〉、〈漫興〉、〈錢塘〉，茲先言〈錢塘〉：

　　　　天際銀幡立，鴟夷怒未消。定知千載上，江水不生潮[17]。

寫錢塘潮，以伍子胥事典入詩。

　　〈漫興〉云：

　　　　遠逐徐生跡，移舟住別峰。遺書搜孔壁，仙路隔秦封。流水去
　　　　無盡，故人何日逢？鄉書經歲達，離恨轉重重。

鄉愁是遺老詩中共同的主題，朱舜水存詩全為五言，上引一絕一律，
〈吳霞舟先生惠詩〉還是律體：

　　　　孤生倚知己，飄泊謝浮名。自接瑤華贈，能禁白髮生。八閩秋
　　　　水闊，三楚曉雲橫。漫作山中約，歸耕向四明。

霞舟名鍾巒，武進人，魯王徵任禮部尚書，死於舟山之難，前曾寄
贈，舜水酬答。

　　〈遊仙詩〉十二首全為古體，託言遊仙，別有寓意。

　　其一曰：「傳聞周老耼，乃是廣成子。變氣隨九宮，心遠跡偏
邐。……遐舉復何為？避人良有以。寥廓望無垠，東去雲猶紫。」敘
老子，實言自己。

　　其四曰：「靈書變篆文，豈為嬴秦用？雲際墮三峰，健翮遙天
送。」藉詩以明己志。

---

17 所引朱之瑜詩，皆見《朱舜水集》（臺北市：漢京文化公司，1984年5月初版），卷
　十二。

其五曰：「南關有逸士，卑居念宗室。因緣北郭生，爰受神丹術。……巨蹠決洪河，頹流去何疾！……赤城霞氣中，時時駕鴻出。」說逸士分明是夫子自道。

其七曰：「遠水蒸丹霞，桃花不知數。仙語落雲中，再至豈容誤。君非避秦人，覿面不知晤。」所謂避秦和其四的「豈為嬴秦用」，當指清人。

其八尤見其志：

> 子房瀟洒人，早歲友黃綺。自見長桑君，慷慨念國恥。吁嗟一
> 擊誤，飛跡千里徙。浮沉閻閻間，潛蹤尤譎詭。故人采紫芝，
> 匿影空山裡。故使圮下翁，脫屣示深旨。嚴霜下五更，對語興
> 亡理。際會及風雲，婉孌出餘技。俛仰思舊遊，浩然不可止。
> 不師黃石公，去從赤松子。

通首詠張良，報秦即所以報清。對語興亡，風雲際會，末二句「不師黃石公，去從赤松子。」令讀者低迴細味，深思感喟。

其十曰：「千年種蠡才，寥寥不復聞。坐見滔天莽，讖應沙麓痕。陽明藏金簡，神禹跡尚存。冥鴻高逝意，可與知者論。」文種、范蠡之才不聞，天下滔滔，何以報吳復越（何以滅清復明）？自己鴻飛冥冥、高逝遠遊之意，只能為知者道。

其十一曰：

> 炎精一朝熄，舜禹在許都。焦生竟遠引，結草為精廬。扇華發
> 異彩，菱謝成樵蘇。高臥風雪中，顏色常敷愉。

炎精熄猶似「陽明藏」，焦生遠引，結草為廬，顏色敷愉。正如自己不願出仕。寧可乘桴浮海。是以「當塗倏陵遲，俄聞太傅召。斷袍啟先機，單衣從所好。……豈知弦外音，畏佳合冥造。」（其十二）

　　遊仙即是歸隱，遠引避禍，待時而動，是遺民詩的另一主題。黃宗羲有《南雷詩歷》四卷，卷一第三首〈三月十九日聞杜鵑〉為寓託之作：

> 江村漠漠竹枝雨，杜鵑上下聲音苦。此鳥年年向寒食，何獨今聞摧肺腑。昔人云是古帝魂，再拜不敢忘舊主。前年三月十九日，山岳崩頹哀下土。雜花生樹鶯又飛，逆首猶然逋膏斧。燕山模糊吹蒿薤，江表熙怡臥鐘鼓。太王畜意及聖昌，奧窔通誠各追數。金馬封事石渠書，怨毒猶然在門戶。靜聽嗚咽若有謂，懦夫不難安竇藪。何不疾呼自廟堂，徒令涕泣沾艸莽。[18]

　　三月十九日甲申國變，明思宗自縊於煤山，作者運用古代蜀王望帝精魂化為杜鵑的典故，弔念崇禎帝，故云：「今聞摧肺腑」、「再拜不敢忘舊主」，寄寓故國之思。最後兩句「何不疾呼自廟堂，徒令涕泣沾艸莽」，令人聳然感喟！

　　國仇家恨是黃宗羲作品的主題，「欲歸欲留未成計，惆悵寒窗難下書」（天臺家書）「枕上偏多白髮生」（天臺思歸）鄉愁盈滿心頭。〈泊河口家書〉云：「三尺孤篷亂石灘，已隨鷗鷺泊更殘，聞得鄉音驚起坐，漁燈分火寫平安。」孤篷萬里，如鷗鷺漂泊，念家思鄉，只能修書報平安。

　　由思鄉而憶往，〈懷金陵舊遊寄兒正誼〉是十首連章之作，其六云：「鍾山多古蹟，強半入園陵。天仗曾陪入，芒鞋幾斷繩。銅牌逢老鹿，落日訪居僧。但說山中景，應無及廢興。」尾聯「應無及廢興」果真抑假？一個「應」字費多少思量。其八云：「曾寓雞鳴麓，岧嶢累自攀。功臣肅像貌，僧塔鎖刀環。秋氣生羅穀，晴光出黛鬟。

---

18 所引黃宗羲詩皆見《南雷詩歷》（臺北市：中華書局，1971 年 11 月臺二版）。

自從採菊後，此景不相關。」採菊隱逸，作者果真不關心天下興亡？
應似龔自珍詠贊陶潛的「二分梁甫一分騷」！

隱逸也是黃宗羲作詩的另一主題，其〈山居雜詠〉之一、六云：

> 鋒鏑牢囚取次過，依然不廢我絃歌。死猶未青輸心去，貧亦豈
> 能奈我何？廿兩棉花裝破被，三根松木煮空鍋。一冬也是堂堂
> 地，豈信人間勝著多。數間茅屋儘從容，一半書齋一半農。左
> 手犁鋤三四件，右方翰墨百千通。牛宮豕圈親僮僕，藥灶茶鐺
> 作老翁。十口蕭然皆自得，年來經濟不無功。

世事紛擾，兵革鋒鏑，作者依然絃歌不輟，死生貧餒不易其志。半耕
半讀，十口蕭然皆自得，遺民其樂也融融。

雖然隱居，卻未曾閒著，〈銅陵〉云：「飛流草屋一青燈，已作山
中無事僧，猶有未完行腳債，白頭浪裡下銅陵。」無事僧是行腳僧，
未完的行程還是得走下去。

永曆五年（1651）來臺，康熙二十七年（1688）埋骨善化的沈光
文，思鄉念家是必然的，並且與復明之志絪在一起。詩中鄉愁佔了很
大的比重，其〈懷鄉〉云：「萬里程何遠，縈迴思不窮；安平江上
水，洶湧海潮通。」〈贈友人歸武林〉後半云：「去去程何遠，悠悠思
不窮。錢塘江上水，直與海潮通。」戰爭阻絕了歸路，家鄉成了異
域。「故國山河遠，他鄉幽恨重。」（〈葛衣吟〉）四十年來家國，在夢
裡，在詩中，觸目皆是：

思歸六首之一

歲歲思歸思不窮，泣歧無路更誰同？蟬鳴吸露高難飽，鶴去凌
霄路自空。青海濤奔花浪雪，商飆夜動葉梢風。待看塞雁南飛

至，問訊還應過越東。[19]

望月

望月家千里，懷人水一灣。自當安寒劣，常有好容顏。旅況不
如意，衡門亦早關。每逢北來客，借問幾時還？

感憶

暫將一葦向東溟，來往隨波總未寧。忽見游雲歸別塢，又看飛
雁落前汀。夢中尚有嬌兒女，燈下惟餘瘦影形。苦趣不堪重記
憶，臨晨獨眺遠山青。

隩草十一首之一

寧不懷鄉國，并州說暫居。無枝空繞樹，彈鋏又歌魚。煉骨危
疑集，盈頭珍惜梳。感追無限際，悔絕昔年裾。

鄉愁加上困窮，無異雪上加霜，但他能隨遇而安，只是夢裡常浮現兒
女嬌小的形影，拂拭不去，原以為暫居於此，想不到日復一日，年復
一年，滯留山間海湄，僅能向著越東寧波的方位翹首遙望！

窮且益堅，隱居以求其志，〈感懷八首之一、二、七〉云：

採薇思往事，千古仰高蹤。放棄成吾逸，逢迎自昔慵。花枯邀
雨潤，山險倩雲封。即此煙霞外，心清聽晚鐘。

未伸靖節志，居此積憂忡。退避依麋侶，流離伴蜑宮。身閒因
性懶，我拙任人工。島上風威厲，衾寒夢未終。

南來積歲月，又看荔將花。志欲希前輩，時方重北衙。隱心隨
倦羽，寒夢遠歸槎。忽竟疑仙去，新嘗蒙頂茶。

性懶逢迎，故能身閒心清，第七首頸聯「隱心隨倦羽，寒夢遠歸

19 所引沈光文詩皆見龔顯宗《沈光文全集及其研究資料彙編》（臺南縣立文化中心，
1998 年 12 月）。

槎。」將心志與鄉思連結起來。〈野鶴〉二首之二最足以展現其風骨:「骨老飛偏健,身閒瘦有神。已知矰繳遠,幾閱雪霜頻。舞月寒流影,依松靜絕塵。乘軒爾何事,翻欲賤朱輪。」詠野鶴正所以贊自己在野之身、居鄉之志。

明代遺民、浙東志士不是心灰意懶、槁木死灰,而時懷報秦之心,準備東山再起:「生平未了志,每每託逃禪;不遂清時適,聊耽野趣偏。」(山居八首之二)「未能支廈屋,只可託漁樵,……長安難得去,不是為途遙。」(山居八首之三)「只說暫來爾,淹留可奈何?……旅途宜自惜,慨以當長歌。」(山居八首之五)在異域須自珍自惜,留得有用之身。

〈普陀幻住庵〉洩露了遺民為僧的祕密:「磬聲飄出半林聞,中有茅庵隱白雲。幾樹秋聲虛檻度,數竿清影碧窗分。閒僧煮茗能留客,野鳥吟松獨遠群。此日已將塵世隔,逃禪漫學誦經文。」逃禪是為了避世,避世意在避清,期待他日伺機而動,捲土重來,「漫學誦經文」,用心不在於此,故遺民少有高僧。

結語

東吟社員除趙行可為陝西關中人外,全來自中國南方,浙籍佔了很大比率,本文從歷史、地理、學術、詩社、詩派、人才各方面探溯其源,而歸結於浙東朱之瑜、黃宗羲、沈光文三位遺老的影響,尤其沈光文的啟迪、倡導最大也最為直接,惜乎在其逝世後,風流雲散,陳元圖、韋渡、陶禎錫、屠士彥也先後離臺,但對臺灣日後詩社、詩運、詩風、詩作還是留下永不磨滅的影響。

情愛、鄉思、社會心
──論林精鏐詩

日治時期鹽分地帶現代詩人產量最多的當數林精鏐，在八年中用日文發表了三百多首，[1]筆者以葉笛翻譯《曠野裡看得見煙囪》的六十一首為探討文本，[2]論述其內涵與技巧。

一　林精鏐生平著作與詩觀

林精鏐（1914-1989）出生於佳里子龍廟，是當地首富、抗日志士林波之孫，宿儒林泮（芹香）長子，因祖父非常欣賞吳越王錢鏐，故為他取名「精鏐」。筆名李秋華、林克衛、林豐年，一九五四年十一月易名芳年，麻豆公學校高等科畢業。

一九三三年十月七日，吳新榮、郭水潭、鄭國津、徐清吉、陳培初、陳長發、葉向榮、陳清汗、陳天扶、陳其和、黃清澤、黃作人十二位組成「佳里青風會」，雖於十二月二十三日被迫解散，但這文化運動的搖籃，對林精鏐起了啟迪作用。

一九三四年五月六日，「臺灣文藝聯盟」於臺中誕生，宗旨在

1　參林捷津：〈詩朵的祝福〉林芳年著，葉笛譯，《曠野裡看得見煙囪》（臺南縣政府，2006年11月），頁19。

2　參林捷津：〈詩朵的祝福〉林芳年著，葉笛譯，《曠野裡看得見煙囪》（臺南縣政府，2006年11月），頁83-206。

「振興臺灣文藝」，成員遍及全島和旅日臺人，郭水潭是創會會員，擔任南部地區執行委員，吳新榮等人組成「臺灣文藝聯盟加里支部」，參與者分兩部分，一部分為在文壇有地位的作家，如郭水潭、吳新榮、王登山、徐清吉、莊培初、葉向榮等[3]。吳新榮說林氏：「是書香世家的子孫」，能作自由詩，但尚屬年少氣銳，未至滿熟之境。」[4]這位青年當時即以詩名。八月，與莊培初辦《易多那》文學雜誌，惜僅出刊一期。終戰後，停筆二十餘年，一九六八年再以中文創作小說、散文、評論。

他曾經商，服務於公民營機構，如佳里街役場、鎮民代表、臺糖公司、臺南國際紡織公司，享年七十六歲，所著除商業叢書外，有《失落的日記》、《浪漫的腳印》、《林芳年選集》、《曠野裡看得見煙囪》。

林精鏐認為「詩是抒情而靜默的東西，而靈感是在剎那之間抒發出來的。」詩是「最年輕的產物」，詩人必須有一顆可愛的童心，那是不分老少的。」[5]無童心即無詩，確切地說，失去童心，就不可能寫出佳構，與明李卓吾之說同。林氏以寫詩的靈感與修養做為創作「小說與散文的支柱。」[6]詩為主，詩心是支柱。持有虔誠、摯愛文學的童心，「作品就是自己的生命」。他注重技巧，也強調道德：「因文學就是修辭學，如不是作者彈精竭慮克盡修辭，批判精神與原創力也無從發揮，自難描寫到栩栩如生的境界；同時作品沒有倫理道德也難登峰造極，不能使讀者感到愉悅。」[7]藝術與倫理都兼顧到了，保

3 　郭水潭：《郭水潭集》（臺南縣立文化中心，1994 年 12 月），頁 201。

4 　吳新榮：《吳新榮選集 3 震瀛回憶錄》（臺南縣立文化中心，1997 年 3 月），頁 95。

5 　〈自序〉《林芳年選集》（臺南市：中華日報社，1993 年），頁 384-385。

6 　〈自序〉《林芳年選集》（臺南市：中華日報社，1993 年），頁 385。

7 　林芳年：〈古稀的抒情〉《中華日報》（1984 年 2 月 14 日）。

持自然的童心，要文如其人，持論圓融不偏。

二　愛情、親情、友情──林精鏐的情愛詩

　　詩所以抒情，林氏的情愛詩從個人抒情、私密愛情、親情到友情在詩卷中佔了很大的比重。

　　抒寫病中情緒有〈熱病孕育著夢〉、〈女神的魔手纏繞〉，前首用朔風裡凋落的竹葉聲、被砍首的番人淒厲聲、臨終的啜泣聲、烏鴉聒噪、狂犬猖狂，形容發燒中的幻想和感覺，後者寫注射後病中之夢。〈秋愁〉以「鬆弛的弦絲」、「枯木的聲音」擬形、擬聲，將抽象的情思具象化。

　　愛情之作，〈刻著夏夜的淚痕的人〉致即將出嫁的女友，將兩人書信喻為「純情的牡丹花」，回憶「戀慕的面影」。因自己的貧窮，「妳說服了頑固的母親／我封建的父親卻一點也不聽」、「我倆醉倒於淚之世界的殘骸」，宣告戀情凋萎，K女士即將出嫁，壓抑滿腹的辛酸和憤怒，作者誠心祝她幸福。這是不哭之哭、不怒之怒的作品。

　　〈薄暮的青春〉寫的是情愁，分四段，一、三段文字全然一樣，敘述晚秋薄暮，有人抽烟；末段前五行跟第二段重複，點出美人的雪膚花貌、柔目嬌影，最後多出的四行「上氣不接下氣地跑著黑暗的路來／互相談話只是一瞬間／不斷抽著茉莉花菸／兩包菸盒終於變成死骸躺在路旁」抒發候人久久、會晤短短的苦悶。〈在四角形的窗邊〉寫年輕男子喜愛的少女：「蹙著那美麗的臉／咳咳地咳嗽／看著那樣子我真悲哀，……因為每當一看見妳的臉／我連吃飯都會忘掉的……」，專注、關心和癡情表露無遺。

　　親情四首，〈姊姊在刺繡〉以「眼裡汲著珍珠」、「吐著幸福似的

嘆息」、「顫抖著小鴿子的心臟」、「一朵薔薇在鏡中微笑」告訴讀者：「姊姊要出嫁了」，詩中盡是不捨與祝福。〈責備妹妹〉流於情緒性的發洩，不是佳構。〈想要石榴的弟弟〉用「紅寶石的齒列」比喻石榴熟裂，再以石榴熟裂比喻弟弟「小小的齒列」，末段敘述弟弟和石榴從樹上滾下來，臉上雖沾滿綠苔，卻快樂的笑了，意象不俗，敘事中有伏筆，環環相扣，旋律輕快，讀來趣味盎然。〈母親的休憩地〉撰於一九三五年十二月十一日，開頭寫父親無力地望著發禿的母親墳墓，她已逝世五年多，墓碑蒙塵，末兩段「從遙遠的河那邊旋轉的風／鑽過穀物的拱門碰上基石／搖撼了母親的靈魂」，「不久／我細心美麗地給墳理了髮／給它注射甘露似的液體」，動中有靜，寓靜於動，「鑽過」、「搖撼」修辭佳，「給墳理了髮」、「注射」將墓活化了，可謂「生死人而肉白骨」，顯現作者的孝思。

友情詩有二，〈我的房間〉給利野蒼，將自己雜亂的屋子、擺設、書籍、衣物、生活毫不隱瞞的告訴對方，二人之熟稔可知；〈翩躚的蝴蝶〉贈南國小姐Takako，聚焦於花和蝴蝶的意象。

三　鄉土詩

鹽分地帶是林精鏐創作的背景，題材多取於此，故鄉的苦樂是他靈感的源泉，其〈微笑的鹽分地帶〉從金色的稻浪、沙塵烟霧、強風大雨烘托「無數的苦難」，但堅毅的農民把「阿修羅場」化為平安，「豐收之年」亦是「結婚之年」，臺灣音樂盈耳是喜悅的旋律。

作者用逗趣的筆觸：「小夥子疊造小土窯烤番薯」、「狼吞虎嚥」、「宛如電影上出現的黑人」、「以屁的合唱露出牙／哈哈哈哈大笑」，不避俗語俗字，終能化俗為雅，這是〈黑人的勇士〉風格。

　　〈秋和少年英雄〉則以傳統的手法，先敘白鷺「咬著田魚」，牛
囝仔「咬著林投笛／玩著戰爭遊戲」，動作迅捷，「給牛屁股上一鞭一
叱咄／看牛的孩子變成化裝的軍官」，興至成詩。

　　〈花蕾是美麗的〉以蕾喻情竇未開的少女，〈女工〉、〈洗髮的女
人〉、〈月夜之雨〉在在證明他擅於即興成章，喜捕捉剎那間情景，被
調戲的插秧少女「露出了如玉的齒列」，河邊婦女洗髮聽男人咳聲而
「慌忙拉攏了胸襟」，月夜細雨「貓頭鷹苦地一聲長嘆／粗暴地撲動
了翅膀」，於讀者心目中留下永恆的印象。

　　隨著視野的擴大，作者不再聚焦於點，慢慢作線的延長，〈夜
雨〉：「有尿味的竹床上的老頭兒，連同呵欠吞下了珍珠」，已注意到
老人無法一覺到天明。「水蛙聲和報曉的雞啼／戳破了夜」。〈出動〉
顯現細膩的技法：「咳嗽得厲害的老衰的農夫擦著眼睛／向積水處沙
沙地撒了泡尿」，續寫不漱口洗臉的老農「無光的眼球和凹塌鼻子爭
吵著」，刻畫入微。急扒了番薯簽飯，「咬著短菸桿兒」，「唱著陳三五
娘」，很快到田中。這描摹形象生動，長期觀察，始能作此。〈春季之
園〉、〈野花閒草〉步調則較舒緩悠閒。

　　〈農村風景〉全面訴說勤苦的景象：年輕漢子用牛車拖垃圾、少
女刈草、中年男人在蔗田扒牛糞、老夫婦照拂小傢伙，而無力工作的
老人祈求神明賜與力量，男女老幼一早就「流著汗拚命工作」，農村
的勤苦是全體動員的。

　　〈黃昏的田原〉則凝聚於己，作者以第一人稱訴說：「疲憊於勞
動的我／在田畔尋覓快樂的青春所在／啊　不知何時洗去的日常的痛
苦！」雖言己苦，其實是代眾人宣洩，再由一己擴延：「漏雨的茅屋
牛圈，……牛猛烈地搖著鈴鐺／豎立身上的毛顫抖著／我把破被蓋在
牛背上／嫩白如玉的甘蔗葉來」（〈雨和牛圈〉飢寒交迫的黃牛大口地
吃了起來，「我」憐憫照顧牠，正所以照顧自己啊！

〈冬天的故鄉〉極寫鹽分地帶的嚴寒與貧苦，砂石旋飛，穀倉空蕩蕩，吶喊：「生在這樣的苛酷的自然裡／因勞苦迅速地衰老／因操心而縮短生命」，農人吃番薯簽，「如今我的希望／只是一塊腐朽的木板而已」，作者希望村人要有「更現實的頭腦」，但有心無力！

〈茅屋的新娘喲為什麼哭？〉寫貧女出嫁前的悲哭，非因牲禮不豐贍、新郎不俊健，而是「老舊寒酸的茅屋」，作者祝她「和妳心愛的新郎同心協力」擺脫貧困，讓前途充滿青春的希望。

〈彳立枯槁的曠野〉記蔗殖期年輕人、村姑、蔗農全體出動，「都是有夢的幹勁十足的鬥士」，與〈農村風景〉情節、手法類似。

四　社會心

林精鏐是位深具社會意識、悲憫胸懷的人道主義者，他憐老恤貧：「陋屋的連間裡／疲於病痛的老頭在啜泣／病黃的身體扭動／在盡是塵埃的白床上……瘦骨嶙峋　宛如秋天的落葉」。這是〈白壁的陋屋〉的片段，客觀冷靜的描繪，實實寫來，讀之自能尋味作者旨意。

由人及物，〈滴著紅淚的黃牛〉首段將牛擬人化、自我化，敘述牠（我）幼時的快樂，次段變了樣：「藤條的威力喲／被打得屁股裂開／緋紅的淚珠落下來／因為年老沒有了力氣……早霧未霽的薄暗喲／勇敢地向前猛進／太陽溫暖地照著／在大熱天下邊咳嗽邊拖犁／不可以看旁邊／主人閃亮著盜匪的眼光……捋著泥稻時／主人因為氣憤就劈啪地／抽打我的屁股」，物我合一，描繪細膩，感動讀者。末段預告結局悲慘的命運：「不久將被牽去屠宰場時／喧囂的景象喲／我笑著那些傢伙滾落／啵啵地昇騰著熱氣的世界裡」，從極樂世界而悲

慘地獄，最後送至屠宰場，像歐威爾《動物農莊》中的老牛。換個角度以人擬物，有時人也像衰老的黃牛。

二十世紀三〇年代中期，作者已有環保意識：「增加一個工廠是／一種喜悅是不錯的／但，每當出現一個工廠／我就會顫慄／那是奴役我們的魔窟」（〈曠野裡看得見煙囪〉）。聞到油漆臭，見到黑煙囪，聽到噪音，但為了賺取米糧，祇得在魔窟夜以繼日的工作。作者以反覆辯證的手法：快慰／嘆息、喜悅／顫慄、賺取／消失、讚頌／詛咒，終至空乏而一無所有，較生活於本世紀的人們腦筋還清明。

由物而人，作者的批判意識轉向豬仔議員、狗仔代表。且看他如何嘲諷：「英明的人們時常聚集著／翻領的、立領的、臺灣服等等／啜飲著工友端來的茶／用金庫的錢買來的香菸……大喊無異議……他們就像蝟集臭肉的蒼蠅們／圍住圓桌／梳髮髻的大妞一跳（東京音頭）／長衫的北妓用北京調歌唱渭水河……不久醉眼惺忪的穿臺灣服的／崩倒在北妓的胸前／威嚴的鼻下蓄小鬍子穿西服的／吊在鬃髻的肩膀上／早上穿禮服的男人一齊高舉酒杯／二十個頭／就高聲大喊無異議、無異議／又來了個乾杯」（《蒼蠅們大口爭食臭肉》）。蠅營狗苟，如蟻附疽、蟲吸血，浪費民脂民膏，酒色徵逐，與官吏分贓，所為代議制是多麼「英明」！反諷已極！〈村裡有俠義漢〉也以同樣的手法來譏刺街長、議員、保正。

林精鏐為貧農發不平之鳴，〈也讓我居住呀！〉：「那是我們黧黑的農民們汗和淚的結晶／是以我們黧黑的農民們血和泥的資金／建築起來的屋宇／也讓我呀！……啊　榨取農民的膏血／建築起來的屋宇——它終究也被屁股蒼白的書生佔有了／啊　也讓我居住呀！」汗和淚的結晶、血和泥的資金、蒼白和黧黑的對比，農民永遠住不進去！

〈喧囂的村落的某日〉嘆息村民跟四十年前一樣的囊空如洗，腐

朽的竹床、肚餓哭腫雙瞳的小傢伙、忙碌的母親、茅屋、髒牆、襤褸的衣裳，「可是每當做一次清潔／為什麼我們的錢包就變得囊空如洗？」這疑問語氣是較低調平和的，但已直指殖民政府的措施。

〈王爺公敗北了〉批判日人的宗教管理：「王爺公的座像／繚繞著蜘蛛絲……不能燒金銀紙／也不能燃放鞭炮／不久王爺公的座像破壞／古廟會打成碎磚變成鋼骨水泥的原料吧。」當局要消滅臺灣傳統的道教，連王爺公也自身難保。

不准拜拜，靠神吃飯的乩童當然失業：「童乩因貧病殘喘著／每當那時童乩的皮膚／就趁機越發脹起來／不景氣的頭髮被風吹著／銅版大的頭痕真夠亮」（〈街上的童乩餓死了〉），神人連帶遭殃。

五　短歌和景、象、意

林氏較長的詩太散文化，略嫌拖泥帶水、冗沓重複、平鋪直敘，短章卻精練晶瑩，三行詩尤為卓出，試觀〈月夜〉：「半夜裡月亮不斷地亮著／古老的村子的菩提樹的貓頭鷹一嘆息／報時的雞就一起報曉了。」首句訴於目，二、三句訴之於耳，視、聽覺齊時不分。〈青蛙〉是童趣童詩：「弟弟擦著朦朧睡眼／撒著小便的／青蛙咯咯地預報了天氣。」即景、自然，透露當時鄉村的慣習。〈冬酒〉：「鑽過毛衣的拱門／深深侵入肌膚的風／我終於把身子沉入酒桶裡。」雖非童趣，卻有童心。

以上三首，句數受俳句影響，字數不一樣，精神得其髣髴。

稍長的短歌，有借景象抒意的〈番石榴〉：「粗礪地剝落如番石榴樹幹上／蟬在哭訴夏天的無情」，意新不落俗套。第二段接著說：「將熟的番石榴的甘甜喲／妹妹終於沾滿蟬聲／奏出夏天的小夜曲」。

字、詞、景、物續而不斷，終而成章成曲。

〈我是夜來香〉：「我精心地做早晨的打扮……您灌滿一噴壺水沙地灑在我臉上吧……唉呀多麼舒服哪……我們和好吧／如您不在我的臉上就是枯萎的」，讓人聯想到神瑛侍者與絳珠草、賈寶玉與林黛玉，其寓意不言可知。

〈春天的原野〉以苦楝樹、蝴蝶分別象徵猛勁、孤獨，各自扎根發芽、弄碎花粉，這截然不同的對比卻發展成調和柔美的空間——綠色的原野。〈庭樹〉仍用蝶、粉意象預告新季節即將來臨，〈夜蟲〉也重複著同樣的技法。

從景象轉為心象的是〈夜的歌手〉：

撫摸著蓬鬆地長垂額上的頭髮
寂寞地享受著孤獨的片刻時
倏然傳來華美的音樂

唧　唧　唧唧——
夜蟲顫動著無限優美的聲音
讓一直苦惱與憂愁的孤獨的我
甦醒

合上書本　繼續冥想
蟋蟀毫不厭倦地不斷地歌唱著

透過形聲字，作者摹寫蟋蟀的鳴叫，喚醒一己的苦惱、哀愁、孤獨，繼續冥思。由於散文式的語法太鬆散，此詩可取的不在技巧、詞句，而在各段的擬聲。

再看〈早晨的庭樹〉：

　　那年夏天
　　我常走到庭前聽蟬鳴

　　蟬牢牢地抓住乒乓樹幹
　　知知地和著妹妹鳴叫著

　　對面石榴成熟裂開灑落了珍珠
　　臉頰施著緋紅的胭脂

　　涼爽地茁壯繁茂的芭蕉葉上
　　滾動著露珠在笑著

　　我殷切期待著熟成的香蕉
　　嚥下了口水

相同的、熟悉的意象一再出現，以「珍珠」比擬水、露、淚，此處則
用來形容熟裂的石榴（第三段），復比況蕉葉上的露水（四段）。大致
而言，這首追憶之作，由首、二段的聲音轉為三、四段的視覺，末段
不僅承接前段，也接合了「夏天」，最後一句點出作者殷切的心願期
待。

　　〈鐵路〉用雙重不同得比喻，將鐵路擬人化：沉默的詩人、蒼白
的哲人，是壓卷之作，也是壓軸好戲：

　　鐵路是沉默的詩人
　　一ㄔ立著
　　蜿蜓的世紀的憂鬱就……
　　結構就……

　　鐵路是蒼白的哲人

　　夜晚　像暴風雨的列車的激情後

　　也靜悄悄的

　　青色的信雖牽引著北方的木星……

　　啊　不知從哪裡血的氣味！

　　真的　隔著物質文明一層的對面

　　也許就是太初的叢林

賦予無生物人格後，憂鬱綿延，結構也蜿蜒無盡；靜默無聲，信號卻
指向遠空。結語可圈可點，鐵路是人類文明的表徵，伸向都市，也進
入原始的森林。將實象、觀察、想像融於一爐，作者詩心是長存的。

　　〈月夜的墓地和虎斑犬〉是以意象取勝：

　　寂靜的曠野叢生著新樹林

　　濡濕著夜霧的馬齒莧

　　掬淚在秋風裡鳴響的

　　遙遠地連在一起的草叢裡的墓地喲

　　酣醉的虎斑犬大口咬著

　　泥土裡的肉片

　　向墓柱的石獅子眨著眼

　　啊　安眠如

　　夭壽囝仔的靈魂喲

　　獅子吼的墓柱的怪物使出猛威

　　眼神如醉的狂犬眼睛充滿血絲

　　馳騁著穿越墓穴

　　在長苔的河畔翻了個觔斗

　　河流的潺湲喲

　　月亮在河水裡泅著

　　在霓虹燈裡明滅著

雜樹林、馬齒莧繞著墓地生長，虎斑犬大嚼屍肉，活著的烘托出死亡
的可怖與猙獰，雙目血紅的狂犬瞪著石獅，穿越墓穴，翻了個筋斗，
月照河水，霓虹明滅，動與靜的對比，時與空的對峙，一切歸於死
寂，蕭瑟陰森而淒涼，與戴望舒〈夕陽下〉古樹、落葉、荒塚、蝙蝠
的荒涼、憂悽、恐怖、醜陋之美，同有象徵主義的味兒。[8]

六　結語

　　林精鏐創作的背景是鹽分地帶，以抒情為基調，沾著泥土的芬
芳，因為熱愛鄉土，對殖民政府持批判的態度，所以詩中充盈著情
愛、鄉思和社會心。

　　本文第一節重點在其生平家世與詩觀，承自祖、父，林氏深具反
日意識，且長保童心，真摯無偽，他自言初期「多取材自愛情，少有
注意到結構與技巧。」[9]常不耐咀嚼，後受佐藤春夫（1892-1964）和
林芙美子（1904-1951）影響，始注意技巧、修辭[10]，〈月夜的墓地和
虎斑犬〉即是較為成熟的作品。

8　參龔顯宗〈論戴望舒的詩〉《廿卅年代新詩論集》（臺南市：鳳凰城圖書公司，1982
　　年 8 月出版），頁 211-213。又見氏著〈現代詩人中的仙、聖、鬼〉《現代文學研究
　　論集》（高雄市：前程出版社，1992 年 8 月），頁 160-161。
9　參〈鹽窩裡的靈魂〉（1982 年《自立晚報》）此文收入《林芳年自選集》（臺南市：
　　中華日報社，1983 年）。
10　同上註。

　　二至四節論述的是題材內容，情愛詩有愛情、親情、友情，病中二首純為情緒告白，愛情之作已略為含蓄，親情以〈想要石榴的弟弟〉較佳，友情〈翩躚的蝴蝶〉則注重意象的營造。

　　鄉土詩以回憶的手法，倒帶式的繼續描繪童趣、少年時光，既而注意老人病苦、農村貧困，筆觸由私愛而推及眾人。

　　社會意識不止於反抗異族，而具有環保觀念，並大膽抨擊代議制、假公濟私、分贓腐化、宗教信仰，關顧病牛，具眾生平等的理念。

　　第五節探討林氏創作技巧，短章多即景之作，興到成詩。注重意象，缺疵是一再重複，有熟爛之弊。綜言之，他以日文創作，在而立之年前就有三百多首詩，且時有佳構，除了舊學新知的涵養，能長保童心，是臺灣二十年代中期至三十年代初具代表性的標竿作家。

日治時期的臺灣文學家

　　日治時期（1895-1945）的臺灣文學家各擅勝場，以詩為主，旁及詞、曲、歌、賦、散文、戲劇、小說、對聯、謎語、駢儷、詩話等，甚至兼精書法、金石、繪畫、音樂，所長不只一端，這篇文章打算介紹較具代表性的六位，他們是以筆記小說知名的陳鳳昌、擅於歌行的胡南溟、撰《臺灣三字經》的王石鵬、寫《臺灣通史》的連雅堂、善製燈謎的謝星樓以及學貫中西的林景仁。

一　陳鳳昌傳奇志怪

　　陳鳳昌（1865-1913），字卜五，一字鞠譜，號小愚，原籍福建南安，七歲隨父來臺，住臺南看西街。他個性豪放，見義勇為。

　　乙未之役，臺灣宣佈獨立為民主國，他和孝廉許獻琛、廩生謝鵬翀、郎中陳鳴鏘等奉劉永福主大計，籌組義軍，保衛鄉土。稍後知彰化八卦山防守失敗，吳彭年陣亡，遂閉門不出。

　　過了數載，陳鳳昌潛往彭年藁葬處，發穴拾骨，負歸吳氏故鄉，贈百金恤其家，仁心義舉，世以「義士」尊之。

　　回到臺灣，與胡南溟、連雅堂盤桓殘山賸水間，議論時事，狂歌痛哭，寄情於詩，茲舉其所作二首於後：

〈感懷〉

　　一席青衫絕世緣，尚餘詩酒習難捐。囊空客與花爭笑，屋破風

和月伴眠。憔悴首陽愁夕靄，蕭條寒食感春鳶。江山本是無情物，話到興亡亦可憐。

〈秋望〉

柳老西風作意驕，驚蟬強自抱疏條；天連白草橫殘壘，日落青空湧暮潮。八百孤寒同骨肉，萬千黎庶望星軺。不知更有春來否？滿眼秋光太寂寥。

故國之悲、遺民之痛、窮蹙之苦，盡洩於中，但託興深微，不失性情之正。

除了《小愚齋詩稿》、《泉詩鏡》外，另撰《拾唾》四卷，現存兩卷，凡三十二則，多為野史掌故、傳奇志怪，茲先言其有關神怪者：

〈沈文恪逸事〉述沈荃未顯達時，經雲峰寺，無意中撞見淫僧穢行，將遭殺害滅口，正危急間，緋衣神相救。後探花及第，過數年視察山東，杖殺淫僧。作者以此警誡讀者冥冥間必有鬼神，千萬不可為惡。

〈天賜葬地〉以九代窮葬母親的故事，闡揚「地理根於天理，福田種自心田」之說，勸人不修德而非分覬覦者，無益反損。這種進步的觀念，超越傳說志怪小說的格局與思想。

〈殺樵報〉述河南某公，「有樵夫犯鹵簿，前導呵逐，出言戇，公聞之怒，命笞之，立斃鞭下。」其子自幼嬌養，「狠傲遂生」，及長，摑一薪者，竟死，有司繩之於法，判死。作者論曰：「某公子以乖戾之性，發而為狂暴之行，雖曰禍由自取，要亦其父生前貽謨不臧，有以啟之耳。」意謂雖是天道循環，實亦關乎人事。

〈啞醫〉記松江人徐啞子，能醫術，遇髯道人，飲以瓶水，遂異常人，救人無數，善果既多，因以成仙。作者說：「啞而且丐，卑賤

極矣，而一念之誠，遂能臻秦皇、漢武竭天下物力所不能得之為而得之。」

以上四篇之外，〈貞犬〉表彰獸之貞行，〈錢神〉諷世，〈海馬〉提倡壯義，〈猴〉謂天道好還，〈旱魃勸善〉、〈陸次雲先生解蠱諸方〉記救人之術，都有益於世道人心。

近於傳奇者九篇，也簡述如下：

〈貞孝並傳〉故事甚長，曲折感人。大略謂如皋鉅商顧臨，有一女，字綠香，美而慧，能詩；婢香妹，性俠烈，甚得小姐喜愛。

有葉榮者，佻健無行，屢央媒求婚，顧臨不允。不久，綠香與世家子楊世奇聯婚。世奇文名籍甚，郎才女貌，琴瑟和鳴。葉榮妒恨交加，設計離間，因而仳離。葉榮深夜踰垣，卻為猛犬所噬殺。

綠香母簡氏有妹，隨夫宦西浙，招之過江。「擇老成僕媼，暨香妹與俱，買巨艦送之」，遇盜劫，原來是曾代葉榮致書離間世奇夫婦之訟徒某，勾結太湖巨寇，殺僕媼，綠香、香妹投水自盡，香妹被湘江太守顧某所救，留為次子婦。

世奇「自逐女後，旋悟奸謀」，值太平天國之亂，流落到福建，依鼓山寺，與香妹巧遇，周濟他北上，至太原一蘭若，遇一尼，即綠香。原來她投江獲救，至西湖某尼庵落髮，隨師禮碧霞元君於泰山頂，還朝五臺山，「阻亂不得歸」，棲依於此。女作偈，當夜圓寂，世奇臨喪盡哀。回鄉，求母不得，投洪濤而死。原本幸福的婚姻，遭奸人陷害，以悲劇收場，令人嘆息！

〈嚴午〉述嚴珍、韓菊仙夫婦乘船遇盜魏勇劫殺，夫死，妻被迫從賊，三月產遺腹子，因端午出生，取名午，至十八歲，舉進士第，授淄川縣令。

菊仙告知往事，死前囑其復仇，三年守喪滿，嚴午刺血陳冤狀，魏勇被斬首示眾。

〈養鷹恨〉述紹興幕僚洪某，雪夜路中救一吳姚乞兒，為之延師課讀，位至水師千總，並將女兒下嫁於他。

洪某卒後，吳託言回故鄉福州，妻將父親遺產三分之二給他。吳忘恩負義，入贅為某軍門婿。洪女憤極，「遂闔戶自盡」，厲鬼作祟，取吳某及其子女命。作者以此警世：「負人者何嘗非自負也哉？」

其他像〈蕩婦殺姦〉強調「隨處防閑」、〈張竹鄉〉懲淫、〈巧騙〉二則戒貪、〈蛇醫〉寫師徒相戕，都有勸懲的寓意，〈蕭瑞芳〉述軍事秘辛，尤令人警惕。

《拾唾》部分篇章可補正史之缺，茲述可做臺灣文獻資料的十篇。

〈吳公彭年殉難始末〉記軍民成立「臺灣民主國」，立唐景崧為大總統，不久，景崧逃逸，眾人奉劉永福為主。吳彭年守彰化城，殉難於八卦山麓，作者假「臺人士曰」評論：「噫，公之死臺，為公之死平壤、旅、威則可也。雖然，公實有不可死者在焉，堂有老母，家無餘蓄，歿時，其室人已前逝，遺二子。」後來連橫撰《臺灣通史》，據此而成〈吳彭年傳〉。

〈韓孝女傳〉述嘉義韓阿試「姿粹性敏」，有俠烈氣，十七歲時，母病危，效古人割股療親，調藥奉母，後竟痊癒，作者效《史記》，以「陳氏鞠譜曰」：「割股非孝，然事出小女子，未始非激於天性之誠，亦可褒也。」

〈侯氏華表〉敘吏部郎侯某，惑於青烏術，爭吉壤，而與陳氏結怨。適巧侯氏「以子與女孝婦節」，奉詔建華表，截傷龍脈，陳氏愈怨，遂設計敗節婦。兩家俱傷，子孫滅絕。作者認為「有福地而無德以培之，且各逞奸謀，互相敗辱，是欲邀福而適以速禍也。」將德行高置於風水之上。

〈游冥記〉述光緒己亥年（25年，西元1899年）鼠疫流行，死亡

逾萬，北仔店村農黃清金性好施與，贈棺於貧不能葬者，或助以錢米。稍後，自己病疫，魂遊地府，旋得復甦，「岳帝生其全家，藉以作醒世之鐸。」果真是積善之家有餘慶。

〈水裡餘生〉述乙未之亂，臺人內渡，覆舟，六十餘人中生還者僅四，七十多歲老弱、幼童、少婦、中年婦各一，作者認為：「人生天地間，不論何處，皆有糾察監視者，臨之於上，降於旁也」，勸人自警不可為惡。

〈李文魁陷臺北記〉述乙未之役，唐景崧委軍令於撫標營主李文魁，偷偷內渡。文魁將營中槍炮售予某國兵鑑，得貲數萬，「合劫掠所獲，及餘餉未發者」，飽充私囊，至廈門，被擒斬。這是臺北被日軍輕易攻占的秘辛，可與他書互為印證。

〈落溙〉敘船難重生者，因飢而殺同伴果腹。篙工郭某，平素奉佛，黌夜遁逃，遇屍體則加掩埋。真君嘉其「心恕行慈」，澤及枯骨，以神術助其回閩，可謂「眼前因果，立證菩提。」

〈暗澳〉述潮州人阮維元要到臺灣經商，遇颶風而為龍女所救，結成連理，居臺灣後山暗澳島，因其地春夏為晝，秋冬為夜，故到六月移居玉山，生一子，三、四歲，與父回鄉。維元納妾，又生一子。及阮母八旬壽終，維元與長子復返水雲深處。

陳鳳昌所言「暗澳」一地「春夏為晝，秋冬為夜。」疑本於清代第一任諸羅縣令季麒光〈臺灣雜記〉：「暗洋，在臺灣之東北，……一至秋即成昏黑，至春始旦。」再加上傳說、民間故事，虛構情節，或將唐人李朝威〈柳毅傳〉改動，而成此篇。

〈龜〉自述甲午秋試落第歸，船停泊於媽宮港，土人網一巨龜，「長五尺餘，闊約三分之二，高半之。周身花紋絡繹，黃髮如簑，頭生兩肉角，俱深黃色。」為洋人買去，將殺之，並以其甲雕為梳具。作者與觀眾為其乞命，欲以數金贖放，洋婦不聽，命丈夫殺之。不

久，洋婦中疫亡，丈夫不知所終。作者以此戒勿殺生，尤其有靈性動物，更不可殺。

〈猴之二〉述瘍醫李某，賣藥於鳳邑城市中，蓄一大雄猴，代肩藥篋，後來猴與李某妻有姦情，且生一子。

此情節荒誕不經，但作者目的在警誡帷薄不修者。

以上十篇，部分屬實，部分近於小說體，將神話、傳說、民譚摻雜，加上作者的想像虛構。

大致而言，陳鳳昌的筆記小說，多屬奇異搜祕一類，除可當文獻談助外，還有教化人心的功能。

二　才高氣昌的胡南溟

在臺灣詩史上，胡南溟（1869-1933）的七言歌行一空依傍，題材措詞固前無古人，也後無來者，這是由於他盛氣矜心，高才博學有以致之，本節介紹他的長篇古詩。

胡氏原名巖松，官章殿鵬，字子程，號南溟，一號胡天地，同治八年生於臺灣縣胡厝（今臺南市開山路呂祖廟附近），為胡滄海長子，幼聰穎，未弱冠即補博士弟子員。光緒十七年（1891），與陳渭川、趙雲石、謝石秋等組「浪吟詩社」，重振風雅。

甲午之役，清廷敗戰，將臺灣割讓日本；光緒二十一年，南溟隨父內渡廈門。翌年，返臺；長女出生，取名鏡團，取團圓重聚之意。

明治三十一年（1898）五月，入《臺灣日日新報》社，任漢文部通訊記者，後轉至《臺南新報》。一九○五年，連橫在廈門創辦《福建日日新聞》，邀他任編輯記者，年餘，報館遭清廷查封，只得返鄉，至《全臺報》社服務，編撰時事，發表詩文。

大正三年（1914），妻子李仙猝逝，伉儷情深，南溟受不了這個

打擊，因而精神失常，失去工作，經濟窮困，僅賴筆耕、授徒維生。

連橫曾讚南溟詩「汪洋浩蕩」（《臺灣詩乘》下篇），確非過譽之詞，試讀其〈感懷〉：

> 天地之間幾俊才，江山搖蕩總蒿萊。詩神絕世猶稱杜，仙尉逃名不姓梅。巢許衣冠鸚鵡谷，文章聲價鳳凰臺。古今多少興亡感，直待南溟大筆來。

尾聯氣概十足！他年輕時作〈竹溪寺修禊〉，末聯也說：「晉代大文誰繼起？羲之去後有南溟！」當時已非常自負。其詩懷古詠史，無所不宜，像〈臺灣懷古〉多達七首，前五首弔鄭成功，後兩首輓寧靖王，兼及五妃，試觀其二、七云：

> 義師不願作田橫，石井孤忠憤未平。冠帶神州悲失鹿，樓船碧海跨長鯨。七鯤日月明猶在，五馬風濤咽有聲。具此梅花真氣骨，貞魂萬古動危旌。
>
> 遘播閩方四十齡，海山淒絕壽皇亭；將軍已去鵑啼罷，宗室無人雉就經。生拄介圭勞北顧，悲歌玉帶問東寧。可憐風雨金陵淚，洒到天南竹盡青。

弔鄭從焚袍鼓浪、跨海逐荷、建設東寧、霸業成功，至清廷褒忠；輓寧靖尊其正氣，哀其身亡而明室亦亡。

〈大陸弔國〉共八首，前四首由清宮三殿回溯關外長白山，愛新覺羅氏統治中國二百六十八年，最後自壞長城；後四分詠西太后、慶親王、隆裕后、袁世凱，予慈禧、慶親王負面評價，於隆裕后多恕詞，袁世凱則受推重。

南溟也喜歡以新事物為題材，〈飛機〉十二首即屬此類，錄四首如下：

春雷鼓動一聲聲，高處騰驤闊處行；但覺身輕成羽翼，不知人
入古蓬瀛。眼前磅礴多奇氣，足下雲山是舊盟。更好乘槎雲漢
上，雙懸日月拂霓旌。

河山萬重一飛舟，放眼乾坤作遨遊。人海波瀾殊壯闊，塵寰來
往任蜉蝣。蜚聲遠駕行空馬，拍翅飛翔出水鷗。目斷夕陽天外
路，那堪又作寄書郵。

行空如馬氣如虹，爭看輪飛旭日紅。鷹隼下窺三島樹，虯龍盤
戰九天風。海山以外無城郭，星宿之間接混濛。跌宕詩懷聊復
爾，不知鏖戰幾豪雄。

橫空樓閣控飛軿，諸將高呼指柏靈。聲似春霆翻一一，陣如秋
雁立亭亭。風搏鼓角鳴山谷，波拍江天湧斗星。四道羽林初發
軔，萬雷齊破出滄溟。

分詠雲行機、郵行機、壯士機、大戰機，〈雲行機〉以頸、尾二聯點
題；〈郵行機〉末句有畫龍點睛之妙；〈壯士機〉用「鷹隼」、「虯龍」
勾勒形象，首句即有「壯」意；〈大戰機〉句句寫戰，後半尤為靈
動。南溟所作，為詩界別開生面，寫來新穎有趣，但因對機種性能並
不完全了解，也未親身體驗，僅能望「題」生義，作不真確的描繪。

　　南溟因實際旅遊而寫的有〈安平〉、〈新高山〉、〈新運河〉、〈澄臺
覽古〉、〈過澎湖〉等，以組詩形式呈現的是〈臺灣新詠〉四十首、
〈雞籠八景〉，都是七言絕句。前者以〈臺灣首學〉開端，〈龍舟競
渡〉作結，地域涵蓋南、西、北、中，由山而海，從平地到高峰，甚
至外島澎湖，但未及於花、東、宜蘭；後者顯然受清朝王善宗、高拱

乾〈臺灣八景〉的影響，而歌詠〈鳴湫墩〉、〈觀濤岩〉、〈七星屯〉、〈小桃林〉、〈飲冰壑〉、〈大觀閣〉、〈晴雪峰〉、〈仰天池〉，中以〈觀濤岩〉較佳，意象鮮明，且描摹生動。

〈七鯤觀潮行〉為七言古詩，以「君不見婆娑洋水鎖重重，毘舍耶山天柱雄，黑潮一瀉幾千里，屹立東南大海之中央，絕頂罡風捲地走，吹落天下雲茫茫」起興，續寫淵深無底、飛輪剪渡、州外安平，鹿耳門是古戰場，如今唯剩荒城落日，老漁悲笳。作者追憶史事：鄭成功逐荷，施琅攻澎，「兩代廢興逝水流，日射扶桑失組練。東南大地古山河，慷慨憑笳發浩歌，一片赤崁忠義血，化作秋風震怒濤！」在日人統治下，不敢明言敵寇侵略，細加吟味，當知弦外之音，言外之意。

最能顯現南溟才、氣、學、力的是他神遊、夢遊、臥遊的長江、黃河、漢江、湘江、曲江五曲，其〈五曲序〉云：

> 蓋詩之雄，莫雄於河；詩之秀，莫秀於洛；詩之大，莫大於江；詩之遠，莫遠於漢；詩之麗，莫麗於湘；詩之情，莫清於曲。……溟固隨時隨地而作古人之遊焉，……溟之遊，遊乎天者，而非遊乎人；神乎遊者也，而非由乎地，非遊乎物。

觀上所述，南溟應作六曲，但只寫了五曲，由於未身歷其境，所以「披一統圖，搜大詞章，羅大韻府，挾大叢書。」（見盧嘉興〈清末臺灣的詩文大家胡南溟〉）多方搜集資料，包括史地、詩文、韻府、類書等，經閱讀、整理、過濾、消化、吸收，將心之所感、耳之所聞、目之所見，加上豐富高妙的想像力，歷二十年，完成了曠古巨著。

〈長江曲〉三千言，從濫觴處寫，中歷險灘：

> 水戰艨艟下鎖江，衛公用兵何神速。中有羊腸虎臂灘，道是使君古魚腹。八百盤高轉轆轤，一盤一盤相盤迂。東望巫山山潑黛，上有目梳鬢髻巫。松巒翠屏集仙侶，望霞上昇頑太虛。黑雲如海入沉峽，欲行不行立踟躕。下有絕壁斷崖破鬼斧，一去瞿塘心膽麤。七百里隔離天日，但聞子規泣、猿哀呼。水低灘瀨數十仞，舵師用戈如用殳。怒潮一進斷江口，又如象馬迴環走。爭流飛瀑挾雷鳴，磐石風松作龍吼。長夜漫漫入夏秋，三點五點見星斗。舟行二百八十灘，下灘險易上灘難。飛鳥欲渡不得過，令予扣舷坐長歎。

記敘名勝、古蹟、人物，造詞奇麗瑰瑋，末以議論作結，彭國棟評曰：「自古詠長江者，無踰於此，與宋馬長遠的〈長江萬里圖〉並存。」（見《廣臺灣詩乘》）確是空前的偉構。作者不只憑恃輿地之學，更以浩氣行乎其間，驅駕長篇。

〈黃河曲〉篇幅約略與〈長江曲〉相等，開篇即云：

> 何來噶達素齊老，一笑千年莫可考。下有火敦腦兒生，黃龍負之如襁褓。萬疊山泉動地鳴，化為無數小列星。列星全湧成海水，海水撼山山欲崩。車馬連崗早馳驟，波光摩盪走春霆。群巖積石擎天立，勢如奔濤萬里經長鯨。四面胡笳飛白雪，回風盤礴颭流旌。雞峰刺天摩巨刃，削成石峽當中橫。

橫空硬語，氣勢雄偉，這種駕御長詩的才氣，超越李太白和韓昌黎。

〈曲江曲〉較短，一千多字，以錢塘潮起興：

> 星羅列嶼海連天，海濤力撼錢塘邊。錢王築塘能撼海，百萬強弩霹靂弦。南翁北赭海門丘，素練橫江江潮急。大潮八月廣陵濤，濤鳴雷鼓掀天岊。天根隱隱現三山，朱衣白馬濤神入。士

　　女空城壯大觀，吞江長鯨肆呼吸。我來遂作曲江遊，獨奮淮陰枚乘筆。

作者以全浙流域為線，窮極山川之勝，江河溪湖峰巒皆涵蓋於中，奇巖怪石、老籐古樹、電鞭風馬、南屏晚鐘、三潭印月、柳鶯荷鷺、茶棚酒肆呈現在字裡行間。

　　謝星樓認為作者意在弔國，純就實境形容，神遊於虛，憑弔江山，高嘯風月。

　　〈湘江〉、〈漢江〉二曲最短，各七百字，〈湘江曲〉寫景如畫，試觀其片段：

　　兩岸飛巘臨絕壑，白雪紅樹鷓鴣啼。十二曲欄環獨秀，笑指蒼梧看聚奎。蒼梧上下五百里，旌旗搖日雁翎低。七星寶劍沖霄耀，廣陵亦有中散嵇。清湘嶽麓幾瀠洄，水淨沙明羅綺縠，碧樹丹崖幅幅紗，紅泥面面草氈綠。雁峰千雁盡迴行，馬嶺萬馬皆駐足，我來大開衡山雲，峨峨百尺銅柱文。天留炎漢巨人蹟，下筆縱橫樹一軍。

所謂「寫難狀之景，如在目前」，讀者當作出世之想，謝星樓讚其「能于長篇善蓄、善轉、善運，……其得意處，當于無字句間領之得之。」(〈讀曲十二則〉)就是要讀者識其味外之味、韻外之致。

　　〈漢江曲〉起始即以沛然莫之能禦的氣勢奔瀉而來：

　　天水軒轅秦川生，鳳凰來儀龍馬鳴。龍拏虎嘯仇池峽，驅使風雲將功成。七佛坐巖皆太古，五仙大醉橫其肱。萬丈潭邊逢杜甫，斟滿十九泉釀醲。滔滔江漢秋陽老，峽口風猿啼斷聲。駿足一騫坡千丈，眾川奔驟略陽城。

接續的是「一百八河」、「七十二陂」、「一氣磅礡五丁峽」、「百二雄關
壯京帝」、「三十六峰何突兀，一十八盤相迴濚」，以史為經，以地為
緯：

> 袁曹古渡猶拼戰，大水高于白石灘，勢如盤鵰掠飛電，我來漫
> 作浩然遊，高歌仗劍鹿門秋，北門鎖鑰開雍豫，……登文選樓
> 斠文選，步銅鞮坊唱銅鞮。中有飄飄太白閣，凌空直上與天
> 齊。

結尾似未寫完，顯現後力乏力之概，是美中不足處。〈五曲序〉自
言：「詩之遠，莫遠於漢。」不僅地遠，史亦古遙，從周秦敘來，數
逾千載。

　　胡南溟作〈五江曲〉固是才高氣盛，學養也相當深厚，曾撰〈聖
符內篇〉，總貫群書；又作〈大冶一爐詩話〉，用力勤，識見不凡。可
惜境遇困頓，所作未全部保存刊行，知者不多，是臺灣文學史莫大的
損失。

三　《臺灣三字經》的作者王石鵬

　　仿宋王伯厚（名應麟）《三字經》體例而成的《臺灣三字經》作
者王石鵬（1876-1941），是新竹人，字箴盤，號了庵，光緒二年生，
自小穎悟，深得塾師喜愛。

　　其啟蒙師鄭家珍，甲午科舉人，飽學博識，曾命塾生作對聯，以
「龍媒」二字嵌於首尾，石鵬最先交卷：

> 龍文猶憶楊稱姪，鳳友原憑葉作媒。

大受師友讚賞，此時年方十歲，被稱為「王龍媒」。

　　竹社成員為科舉者出身，梅社則多為童生，光緒十二年（1886），秀才蔡啟運倡議合成「竹梅吟社」，石鵬很早就加入了。他主張詩的功能在於「諷刺」，說：「國風及雅頌，箴規兼諷刺，孔氏斷一言，蔽之無邪思。一變為離騷，漢魏又其次，渾樸存古雅，不屑計句字，……盛唐稱極盛，花實已具備，……要知古今來，詩以關亂治。」詩之盛衰與世運有關，極致是華實兼美，內涵和格律齊備。

　　西元一九〇〇年，將《臺灣三字經》刊行，自序云：

> 夫一物不知，儒者之恥，西人五尺童子，皆能五洲萬國之俗、太陽地球之位；吾人生斯長斯而不知斯地之事事物物，亦可羞乎！……大丈夫桑弧蓬矢，志在四方，行將馳驅萬里，遊歷五洲；倘不知山川形勢，難免迷途入坎之虞，……茲予之作此三字經者，蓋欲為本島童蒙示其捷徑，且便於口頭熟讀故也。

可見他將鄉土地理論編為韻語「小兒書」，動機在教導孩童熟識本島山川形勢，激發愛鄉知鄉的精神，且增廣見聞，用做遊歷的導引。

　　自序又說：「雖曰地理，而歷史寓焉。」首敘位置、名稱、治亂、沿革，繼言番部、種族、山川、物產、經濟、建設，甚至述及教育、交通。作者以四句、八句敘述後，必加註釋，讓讀者較易了解。

　　這部小書總共九九二句，附錄〈臺灣說略〉，影響深遠。作者自註曰：「百聞不如一見，欲開知識，宜遊歷為要。」所以說：「地理誌，宜先知。」先提及臺灣經緯度，「南北長，東西狹。自富貴，至南岬。」接著說到臺灣古代名稱，以為「明成祖，思富強，命三寶，航西洋。遇颶風，船東止；入臺灣，自此始。」這說法當然不可靠，續云林道乾、顏思齊、鄭芝龍入臺，荷蘭、西班牙相繼而來，鄭成功驅荷，「歷三世，天命移」，清人統治期間，民變屢起；甲午之役，割讓日本，「劉林邱，集義軍。改國權，為民主。」日軍各個擊破，行

始政式，此為歷史大要、治亂大略。

開文學、教育風氣之先者為沈光文，「至今日，大改良」。到日治時期，新的教育學制大異往昔。

續言地質、鑛產、植物、動物，移民包括「巫來由，比律賓」，及馬來亞、菲律賓，接著是福建、廣東。作者對原住各族部落的風俗、習性、生活有相當程度的了解。

於臺灣的物產、氣候、交通扼要的述說，對澎湖大小島、琉球島、紅頭嶼、火燒嶼、龜嶼作簡短的介紹，最後說：「作地理，三字經。能熟讀，非無益；智識開，宜遊歷。」這部「地理三字經」包羅萬象，足以益智，煞費作者苦心。林輅存〈題箴盤大著臺灣三字經〉云：「入眼河山處處非，每懷佳客淚沾巾；桑田滄海須史事，賸得圖經故國歸。著書豈盡孤鳴憤，愛國從來屬少年；他日若逢王伯厚，舉杯同注海東篇。」道盡作者的辛勤經營。

《臺灣三字經》影響很大，當時及後世受其沾溉者甚多，《臺灣光復三字經》、《民族精神教育三字經》、《國民教育三字經》、《三民主義三字經》都仿其體例，但深度、廣度、文字遠不及王氏所作。

石鵬性好山水，吟詠也以紀遊之作居多：

〈舟近溜石渡遇雨〉
日暮逢淋雨，風帆一片懸。客心同逝水，山意欲含烟。
塔遠疑人立，雲低與海連。櫓聲頻欸乃，歸夢落江邊。

〈過大甲鐵砧山 題鄭延平王廟〉
當年王氣已全收，廟食空山二百秋；自古興亡無定局，
鯤洋依舊向東流。

〈題霧峰景薰樓〉

碧雲深處霧峰開，獨占林泉勝概來。自古衣冠稱九牧，
於今人物重三臺。門臨曲水珠璣潤，屋繞群水錦繡堆。
此是孤山和靖宅，庭前春放數珠梅。

〈高雄舊砲臺〉

崎嶇故壘傍南端，料有魚龍此處蟠；形勢猶存旗鼓壯，
雄圖空付水雲寒。人從鳥道尋秦劫，地割牛皮憶漢官。
夕照蒼茫苔蘚碧，遺碑彈跡不堪觀。

第一首寫舟中雨景。客心如流水，煙雲濛濛中，遠塔似人挺立。海天
一線，櫓聲欸乃，夢落江邊，歸思難收，對景悽迷。

其二憑弔鄭成功，後半無限悲慨。

其三寫霧峰勝概。摹景夾新議論，頷聯工整端重。

其四先憶昔，繼則撫今，頸聯追昔，末則感喟。

他足跡遍歷南北，甚至深入蠻荒深山。

<h3 style="text-align:center">〈生番道中〉</h3>

隘寮高築大山巔，警鐸聲從谷口傳。昨日夜番祁出草，茶園十
里絕人烟。

<h3 style="text-align:center">〈臺東紀遊十四首錄二〉</h3>

八堵車經四角亭，貢寮大里似弓形，龜山又續宜蘭路，春滿平
蕪入眼青。

檳榔滿口訝餐霞，也是含英與咀華。黥面已無留劣跡，革新風
化出官家。

所謂「出草」，意即外出殺人，當時高山族還有這種惡習。

〈臺東紀遊〉是連章之作，多描寫風物，習俗與平地不同，但已漸革新。

大正五年（1916），石鵬應《申報》之聘，全家移居臺中。後來轉往《臺灣新聞報》漢文部記者、主筆，常參與各項文化活動，尤以櫟社吟會最常出席。

他吸收新知，注意新題材，以之入詩，其〈飛機行〉為七言古體：

公輸削木以為鵲，一飛三日而不落，是何機巧更新奇，鼓輪上騰天漠漠。卻憑輕氣御長風，翩然振融入蒼穹，不分單葉與複葉，操縱自在游無窮。初如大鵬蔽曉日，音響砰砰聞何疾；旋如孤雁逐歸魂，形影依依望欲佚。有人跨之出諸天，俯視地上山與川，崑崙泰岱大如掌，茫茫不辨何邦國？忽橫忽縱漫為奇，無遮無礙任所之，從此青雲欣得路，登山羽化或可期。昂頭天外看星斗，一星一界絕塵垢，其俗大同人聖賢，獉狂獨貉可為友。吁嗟呼！鯤島紅塵萬丈障，解脫未能徒悵望，踽踽人間七尺軀，籠鳥盆魚同一樣。安得汝機事長征，扶搖而上遊太清，高低左右無拘束，愧煞肉走與尸行。

臺灣最早出現飛機是一九一四年三月，日本飛行員野島銀藏駕機至臺；一九一七年六月，美國飛行家阿篤史密斯來臺表演飛行特技；臺灣第一位飛行員謝文達於一九二〇年十月做返鄉訪問飛行。王石鵬描繪飛機之振翩情狀以及從機艙內俯視大地景象，並抒發感想，與胡南溟所作有異曲同工之妙，但較胡了解飛機性能，故寫來深刻。

西元一九二七年七月十八日，石鵬加盟櫟社；翌年四月二十三日，假灌園開春會，以〈丁卯暮春萊園修禊〉、〈女子軍〉為題，體製

是五律七絕，石鵬受邀擔任評審委員。

臺灣五州各有一代表地域的詩社，眾議組五州聯吟會，每年春季輪流召開。一九三六年，由竹社主辦，三月二十一日、二日開會，第一天首唱為〈仲春遊竹塹〉，石鵬獲左元，詩云：

> 天和傳令節，覽勝出名疆，青草湖仍曲，紅毛驛已荒。人懷林子宅，我愛鄭公鄉。踏遍城東跡，飛花舞欲狂。

他雖移居臺中，仍心繫故鄉。

南社春會，他也以詩誌盛：

> 驥尾龍鱗騰會開，騷人無數趁春來。敦槃濟濟盟珠玉，旗鼓堂堂繼福臺。八社主賓團雅座，七鯤風月落吟杯，月宵況復逢燈節，繫鉢聲揚赤崁隈。

在日人的統治下，雖然處處受限，但創作的自由還是有的。頷聯「福臺」一詞指沈光文倡導的「福臺新詠」。

石鵬也工於隸篆，所作金石非凡品所能比擬，曾集為《箴盤鐵筆》出版，惜今不傳；又善鑑賞，獨具慧眼。

讀萬卷書，也須行萬里路，他決定到中國大陸遊歷。先至廈門，遊鼓浪嶼，參觀鄭氏遺跡，作〈弔延平王〉云：

> 延平正氣至今無，小嶼彈丸列海隅。五夜風濤猶帶怒，四圍山水自成圖。雷峰怪石文將蝕，炮湧紅衣血未枯。鼓浪有聲人不見，草雞啼罷夜如弧。

意在詠史，筆下有無限感慨。

到上海，謁丁仲祜，作〈申江晤丁福保先生〉：

海外曾聞明德馨，秋風偶雨聚浮萍。此來慰我平生願，兩目於
今始識丁。

末句是雙關語，用以頌揚對方，甚佳。

到北京後，靈感更多，〈初冬入都途上偶作〉云：

荒郊憑遠眺，萬木已衰殘；風力如刀利，霜威澈骨寒。
詩從驢背得，山愛日邊看。去去都門近，休嗟行路難。

續撰〈入都寄臺陽諸友〉：

一年三度入都門，不為尋仇不市恩。覽古情深思作賦，禦寒計
拙只傾尊。嗣宗直上山陽座，子敬難忘習氏園。差幸此身粗健
好，龍蛇時向筆頭翻。

在大陸半年，屐痕處處，名山勝水、古蹟文物都是他尋訪的對象：

〈過宣統帝行在〉

征軺倉卒下津門，市隱寧無厭俗喧。鹿逐中原頻夢幻，龍潛大
海待雲奔。傾河難盡遺臣淚，望闕應消廢帝魂。畢竟興亡歸一
瞬，乘除人事不須論。

〈題無何有齋〉

塵世由來幻境多，先生夢已覺南柯，超然有象歸無象，大地蒼
茫且放歌。

〈遊寶通寺〉

古寺何年建，蒼涼對夕暉。空齋門永閉，僻壤客來稀。葉落疏
林瘦，糧豐老衲肥。羨他無個事，煨火話禪機。

〈自題〉

　　置身瀧水第三層，世事年來冷似冰，只有應緣難解脫，不妨試
　　作在家僧。

一嘆興亡，二慨夢幻，三言禪靜，末述己願，在紛擾熙攘的京華，尋
覓片刻的寧謐。

　　石鵬著《了庵雜錄》、《女學揭要》、《清宮遊記》，譯農學書籍八
種，惜已亡佚，現存《釋迦佛歌》值得一讀。

　　這本小書由《異藏經》、《釋迦新傳》（常磐大定、吉田龍英合
著）、《釋迦牟尼傳》（井上哲次郎著）擇譯改編而成，目的在「使讀
者容易了解釋迦在世之事實」（〈自序〉）。計三十四章，第一首緒言，
二至六章敘釋迦世系、降生、少年時代以至成婚；七至十一章出家至
成道；十二至十八章述說法、度人；十九、二十章述歸鄉、父王駕
崩；二十一至二十七章言比丘之始、釋迦制戒；二十八章之後言其染
疾以迄涅槃經過。全書用韻語撰寫，「描寫佛陀人格之偉大，慈悲為
懷」，做到「通俗而不傷大雅」（〈自序〉）的地步。

四　以《臺灣通史》不朽的連雅堂

　　連橫（1878-1936）小名重送，學名允斌，字武公，一字天縱，
號雅棠（棠），又號劍花，別署慕真。七世祖連興位於康熙中由漳州
府龍溪縣渡海來臺，定居於臺南寧南坊馬兵營。

　　傳至永昌這　代，以製糖為業，娶妻劉氏，名妙娘，在光緒四年
元月十六日生下雅堂。

　　雅堂的啟蒙師是魏一經，《四書》、《五經》、《史記》、《左傳》、
《戰國策》都傳授了，他過目不忘，進步很大。

十三歲時，父親送他余文儀續修的《臺灣府志》，告訴他：「汝為臺灣人，不可不知臺灣事。」

為臺灣修史的念頭從此在心中慢慢的浮現、滋長。

甲午敗戰，訂馬關條約，清廷將臺灣割讓日本，這種喪權辱國的庸懦舉措，令雅堂異常悲憤。禍不單行，接著是父親去世，此時他年方十八。

丁憂期間，他手抄《杜少陵全集》，因子美拳拳以君國為念，有「詩史」之稱。「國家不幸詩家幸」，對杜詩有了深入一層的了解，為日後的創作與研究打下更厚實的基礎。

國難當頭，慷慨悲歌，自有激越之作：

〈鞭〉

馬上英雄氣慨然，斷流直欲掃腥羶；指揮能事乾坤轉，驅逐相隨道路綿。夜間閒吟楊柳地，春風得意杏花天。中原今日憂多事，壯志何容祖逖先。

年未弱冠，已有祖逖誓復中原的壯志。

日軍佔領臺南，他內渡福建，至上海，入聖約翰大學，攻讀俄文，此時自取名橫，號雅堂。

人在大陸，心繫臺灣，他不願做個獨善其身的自了漢，其〈題桃花源圖〉云：

亡國悽悽劫火餘，念家山破恨何如。匹夫亦有興亡責，忍愛桃花自隱居。桑麻雞犬自成鄰，流水桃花別有春。若使劉項皆遯世，他年何以報強秦？

以國家興亡為己任，欲學劉邦、項羽打倒強秦，表面說「秦」，實隱指日本殖民政權。

不久，他奉母親之命回鄉完婚，正屆弱冠之年。

這一年，他加入浪吟詩社，每月聚會一次，多在名勝古蹟切磋吟哦。

次歲，《臺澎日報》創刊，他主持漢文部；後《臺澎日報》與《新聞臺灣》合併成《臺南新報》，他擔任主筆，認識的人越多，眼界也就越開闊。

在日人的統治下，無法暢所欲言，於是決定到廈門辦報，和蔡佩香等人合資創辦《福建日日新聞》。因思想開放，言論激烈，引起清廷注意，加上「中國同盟會」派李竹癡接洽，想改為機關報，受到當局注意、監控，只得停刊，發行不到一年。在惡劣的心情下，作〈留別林景商〉四首，其一、四云：

> 舉杯看劍快論文，旗鼓相當共策勳。如此江山如此恨，不堪回首北遙雲。

> 合群作氣挽洪鈞，保種興己起劫塵。我輩頭顱原不惜，共磨熱力事維新。

滿清腐敗，已無可救藥，絕無能力收復臺灣，欲救中國，只有維新一途。

重回《臺南新報》社工作，基於「國可滅而史不可滅」的道理，他開始蒐集資料，準備撰寫《臺灣通史》，為鄉邦延續命脈。

光緒三十二年（1906），和蔡國琳、楊宜綠、謝石秋等十餘人，將浪吟詩社改組為「南社」。與臺中「櫟社」互通聲氣，常相聯誼。

雅堂曾作〈柬林癡仙並示臺中諸友〉：

> 詩界當初唱革新，文壇鏖戰過兼旬。周秦以下無餘子，歐美人

> 間見幾人？廿地風潮翻地軸，千秋事業任天民。劫殘國粹相謀
> 保，尼父春秋痛獲麟。

原來當時的詩壇盛行詩鐘、擊鉢吟，恃才炫學，爭奇鬥巧，淪為應酬之具。雅堂認為「當於大處著筆」，是以撰文批判，提出對詩界革新的主張。櫟社同仁則加以駁難，雅堂還擊，引起筆戰。

　　光緒三十四年（1903）春，雅堂任「臺灣新聞社」漢文部主筆，開始撰寫《臺灣通史》。

　　他遍覽古今中外歷史，作〈詠史〉一百三十首，前三十首詠異國人士，後一百首自秦始皇至革命志士陳天華，尤著力於臺灣人物之詠讚，鄭成功、朱術桂、五妃、陳永華、鄭克塽、沈光文、李茂春、朱一貴、吳彭年、唐景崧都在其列。又作〈冬夜讀史有感〉二十首，其一、五云：

> 十丈寒濤拍岸湄，朔風吹雪冷天涯。海中故鄉沈蒼兕，雪裡靈
> 旗望素蜺。孤憤韓非原嫉世，治安賈誼獨憂時。傷心二百年來
> 事，如此江山忍賦詩！

> 閩南突兀起延平，報國忘家熱血傾。據地雄才爭鷺島，開天偉
> 力闢鯤溟。卅年賜姓心存漢，再世降王痛絕明。兩度北征功半
> 挫，誰復滄海覓神鯨。

弔古意在傷今，憂時孤憤，有誰能解？鄭成功是他心目中不世出的英雄，作《臺灣通史》正是受其精神感召。

　　以十二年的工夫完成，體例仿《史記》，並參酌班固《漢書》，凡三十六卷，下迄光緒二十一年臺灣淪陷，計一千二百九十年。

　　這部書以紀繫年，有開闢紀、建國紀、經營紀、獨立紀（後改稱

過渡紀），以編年繫事的方式敘述漢人發現、開闢臺灣至民主國覆亡。

以志紀事，分疆域、職官、虞衡等二十四志，且加附表。

以傳敘人，列傳分八卷，一為明鄭人物，二為清康熙人物，三屬雍、乾，四嘉慶至光緒，五是戴潮春與相關者以及沈葆楨、袁聞柝、劉銘傳、劉璈、林平侯，六、七為類傳，有循吏、流寓、鄉賢、文苑、孝義、勇士、貨殖、列女八類，卷八為抗日官員和志士。

〈凡例〉曰：「圖則見於各卷之首，尤為前史所無。」附圖是其書的特色。又說：「夫國以民為本，無民何以立國，故此書各志，自鄉治以下，尤多為民事。」物重民生、民德，顯現進步的觀點。後云：「顧臺灣前既無史，後之作者又未可知，故此書寧詳毋略，寧取毋棄。」割讓之後，只好俟諸他日。

中華民國肇建，雅堂和櫟社社友林子瑾啟程前往日本，然後轉至上海，決定作長期之旅。

在南京雨花臺弔祭洪秀全，作詩四首；又到孝陵，謁明太祖，有詩云：

> 漢高唐太皆無賴，皇覺寺僧亦異人。天下英雄爭割據，中原父老痛沈淪。亡秦一劍風雲會，破虜千秋日月新。鬱鬱鍾山王氣盡，國權會已屬斯民。

專制政權解體，民主共和建立，時代潮流是擋不住的。心情喜悅，玩得盡興，秦淮河、朱雀橋、鍾山、莫愁湖、玄武湖、北極閣，朝陽門，都留下足跡。行囊中詩稿充盈，〈秦淮〉一首甚佳：

> 畫舫笙歌一夢休，秦淮春水尚風流。晚風桃葉迎前渡，落日楊花撲酒樓。千古美人空有恨，六朝天子總無愁。瓊林璧月知何

處，不及青溪控紫騮。

泛舟河中，明月高照，但覺繁華如夢，似醉還醒。

海外華僑在二洋涇橋畔組成「華僑聯合會」，江精衛任會長，雅堂負責報務。

過了鎮江、金山、焦山，一路吟詠紀盛，〈蘇州旅次〉云：

狂來擊劍餓吹簫，淪落江南一夢遙。西子神光乍離合，夫差霸氣未蕭條。花飛香徑鶯能妒，柳折蘇臺馬亦驕。獨倚吳篷聽秋雨，萬千哀樂及明朝。

伍子胥、西施、夫差、姑蘇臺都都入詩了，秋已降臨，明朝驛馬星動，來路方遙。

渡揚子江，坐火車到天津。過四天，取道北京。在故都逗留了兩個月，飽覽風物，而後獨自坐京張鐵路，準備往張家口。

過了清華、下關、中關，便是上關了，作〈出居庸關〉：

萬山東走護居庸，一劍當關路不通。大漠盤鵰秋氣黑，長城飲馬夕陽紅。漢繻慷慨能籌策，投筆功名記鑿空。今日匈奴猶未滅，妖氣直逼塞垣雄。

居庸關就是上關，此時庫倫獨立，傳聞要舉兵入侵中國，故尾聯說：「匈奴」、「妖氣」。

抵八達嶺，登萬里長城，塞外景色大異中原。

至張京口，因盜匪橫行，天寒地凍，只好悵然而返。

離開北京，決意橫越大河南北，〈渡黃河〉云：

南來事事感懷多，莫漫停雲發浩歌。生恐濁流汙我足，汽車載夢渡黃河。

過邯鄲，到廣武山憑弔古戰場，此為楚漢相爭處，因作〈虞祠〉云：

> 我登廣武喟然歎，不弔英雄弔美人。百戰江山無寸土，千秋粉
> 黛有餘春。魂來異塞鴉能舞，詩咽黃河馬不馴。淒絕楚宮風雨
> 夜，蕭蕭衰柳尚含顰。

弔美人，自會弔英雄，作者慨歎項王披堅披銳，衝鋒陷陣，經歷了無
數次戰役，八千子弟不見了，寸土無存，唯剩美人一縷芳魂！

到大別山，謁禹王宮，登黃鶴樓，訪琵琶亭、小姑山，最後回到
上海，籌備發行《華僑雜誌》。

西元一九一三年六月三十日，雅堂應東北《新吉林報》社之聘，
乘舟赴營口，再轉車往奉天，作〈紅柳詞〉：

> 胭脂塞上夕陽殷，馬後桃花未忍攀。綰盡征人離別恨，一時紅
> 淚滿關山。

紅柳就是檉木，柔條千絲萬縷，如離人泣訴，雅堂感而賦此，柳、
離、淚、未忍烘托出依依難捨的場景。

續遊前清故宮、小河沿、長春，在大風雨中渡飲馬河，不禁有
作：

> 短衣長劍出關遙，萬里征人唱度遼。漠漠山河秋瑟瑟，淒淒風
> 雨馬蕭蕭。歌翻敕勒笳聲健，杯酌葡萄酒力驕。今夕松花江畔
> 路，有人攜手慰無聊。

到吉林後，住在舊識謝幼安、王香禪夫婦家中，贈之以詩：

> 萬里投荒一劍雄，出門真覺氣如龍。山河兩界留詩卷，風雨千
> 秋付酒筒。塞草未霜遲客綠，園花半老對人紅。莫嫌身世同萍

梗，且向雞林印爪鴻。

前半意氣飛揚，頸聯甚佳。

在報社工作，深得社長楊怡山禮遇敬重。雅堂得心應手，評論時政，筆鋒犀利，不久《新吉林報》被查封。

適巧《吉林時報》社長兒玉多一創辦《邊聲報》，禮聘雅堂執筆，由於耿直敢言，廣受讀者歡迎，僅三個月就遭到停刊的命運。

在不如意的當兒，閉戶讀書，「以考吉林之史」，隆冬過後，離開吉林，作〈留別幼安‧香禪〉：

> 平生不作離愁語，今日分襟亦惘然。客舍扶持如骨肉，人間聚散總因緣。塞雲漠漠遲春色，海月娟娟憶去年。賓雁未歸征馬健，一簫一劍且流連。

世事見多了，看淡了，縱使情深意重，魂銷心傷，但不致斷腸，因為離合聚散都是因緣！

次年春，到北京，清史館館長趙爾巽聘他當名譽協修，得以閱讀有關臺灣檔案。

回到臺南，他按年代編寫《臺灣詩乘》，由唐至近代，得兩百餘家，說：「余撰《詩乘》，蒐羅頗苦，凡鄉人士之詩，無不悉心訪求，即至一章一句，亦為收拾。」廣收博採，夾議夾敘，是研究臺灣舊文學必讀的詩史。

大正十三年（1924）二月，他創辦《臺灣詩薈》月刊，內含詩鈔、文鈔、詩存、文存、詩鐘、傳記、雜錄、騷壇記事。雖僅發行二十二期，因財力不繼而停刊，但對文壇影響很大。

昭和二年（1927），準備整理臺語，保存文化；昭和四年，著手編寫《臺語考解》，在〈臺語整理之頭緒〉一文中說：「余臺灣人也，

能操臺灣之語，而不能書臺灣之字，且不能明臺語之義，余深自愧！」深知當局禁止講臺語，是消滅臺灣文化，所以要研究、演繹，其後將《臺語考解》改編為《臺灣語典》行世。

稍後作《雅言》，主張臺灣方言入詩，但反對用錯字、僻字：「淺人不察，以為有音無字，隨便亂書，致多爽實。」誤寫亂寫的結果必將戕害到文學，他是具有遠見之知、先見之明的。

五　工於燈謎的謝星樓

謝星樓（1889-1938），名國文，號醒廬，一作省廬，晚號稻門老漢，臺南市人。趙劍泉說他具「屠龍技」、「射虎才」，讚他善為詩文，又工於燈謎。

謎語俗稱「昏子」或「悶兒」，因為謎面「迴互其詞」《文心雕龍‧諧隱》，令猜射者納悶、疑惑、昏迷。原有文字謎和畫謎之分，後世又增加了實物謎、圖章謎、故事謎與動作謎。

漢魏至唐，以文字謎為主，重在離析、會合字形、字義，宋代「商謎」（猜謎）更趣味化、娛樂化，出現了畫謎、實物謎；又承漢朝元宵張燈之習，將謎面（謎題）貼在燈上，讓人猜射，這是燈謎的由來。

明初錢塘人楊景言最喜製謎，杭州猜謎風氣甚盛。清代集前人之大成，不但出現動作謎，謎題形式多樣化，也開始出版謎格的著作，包羅萬象，「上自經文，下及詞曲。」（《燕京雜記》）猜中者可獲獎品，俗稱「打燈虎」，臺灣稱為「文虎」或「燈猜」，謝星樓在這方面的成就、貢獻最大。

謝氏生於光緒十五年，是赤崁城西秀才謝友我長子，從小讀書過目不忘；乙未割臺，他雖年幼，但已很有民族意識。曾作〈過竹滬弔

寧靖王〉：

> 無限興亡感，淒然竹滬中。郡王誠死國，妃子亦爭雄。
> 大節留坏土，精魂泣故宮；巍巍遺碣在，爭似孝陵同。

> 六十年來未死身，尚留皤髮報君恩。鸞飄鳳泊天闊遠，水剩山
> 殘海角存。絕命詞成真畢事，無暇主在是中魂。不湛竹滬重回
> 首，荒單斜陽冷墓門。

一五律、一七律，五律尾聯極力推崇寧靖王精神永存，遺碣等同明太
祖孝陵；七律頸聯上句驪括王〈絕命詞〉中：「於今事畢矣」句，都
從漢民族的立場頌揚王、妃。

謝氏對燈謎有相當精深的成就，作〈省廬文虎研究〉、〈省廬文虎
弁言〉二文，創組「醒廬文虎社」，廣邀同好，研製謎語，自作數百
條，編成《省廬燈謎》，茲擇較佳者賞析解說如下：

（一）何王丕。　　　射集司空圖《詩品》二。

可人如玉，不著一字。

（按：「何」字拆為為「可人」，「王」字形如「玉」。「丕」分為
「不」「一」兩字。）

（二）關公與項羽不同。　　　射字二義連。

羽翼。

（按：關羽與項羽名同人異。）

（三）迨齊、梁時，《漢書》、《史記》洋洋貫耳。　　　射唐詩五言一。

蕭蕭班馬鳴。

（按：齊梁二朝皇帝皆姓蕭；《漢書》作者班固，《史記》作者司馬
遷；鳴則貫耳。）

（四）簡宜作則。　　射古人一。

　　史可法。

　　（按：〈正氣歌〉云：「為齊太史簡。」是「簡」有「史」義。宜
　　者，可也。則，法也。）

（五）藏拙。　　射國名一。

　　祕魯。

　　（按：藏，秘存；拙，愚魯也。）

（六）戀愛指南。　　射曲目一。

　　〈相思引〉

　　（按：戀愛中人必相思；指南針，用以導引者也。）

（七）濃味海潮薰風川渤。淡泊泉流小小埤崛。　　射本省地名四。

　　鹽水、南港、清水、魚池子。

　　（按：「濃味海潮」射鹽水；「薰風川渤」射南港，薰風，南風也；
　　「淡泊泉流」射清水，淡泊，清也；「小小埤崛」射魚池子，埤崛
　　是也，用以養魚；子，仔也。）

（八）活秀才魅魔女旦。　　射成語一。

　　生死之交。

　　（按：活秀才是生人，魔女旦是死人。）

（九）漢魏以來，誰敢逼宮？　　射《毛詩》一。

　　司馬斯作（斯作師讀）。

　　（按：魏末司馬懿、司馬師父子當權）

（十）魏。　　射四書、地名一。

　　委而棄之。魅斗山（山作刪）

　　（按：「魏」字拆為「委」、「鬼」。「魁」字刪「斗」則為「鬼」。）

（十一）一對細姨喜燈謎。　　射五言唐詩一。

　　兩子無嫌猜。

（按：細者，子也，「一對細姨」是「兩子」；喜則「無嫌」；燈謎
俗稱「燈猜」。）

（十二）三禮拜。　　　射字一。

昔。

（按：三禮拜共二十一日，「二十」為「廿」，加「一」、「日」而成
「昔」。）

謝氏認為讀書人之燈謎重在「成面」（書句及以外之一切成語為
謎文），要多讀書，具別才博識，且心靈手敏，方有佳構。

他浸淫謎學二十多年，常將謎稿登於南北兩報，引起廣大回應，
臺灣燈謎風氣盛，其功甚大。

燈謎而外，詩亦不弱，他廣交遊，常與南社社友酬酢唱和，〈赤
崁秋望〉、〈月津歸途雜詠〉是年輕時較佳的作品。

弱冠與柳營及劉廷珍次女玉輝結成連理；過四年，到楠仔坑（今
楠梓）公學校執教，嘗作詩云：

自檢琴書橐筆隨，此行聊復寄吾癡。春風驛站初為客，細雨鄉
村好讀詩。雲自無心爭出岫，鳥還有意借棲枝。傍人莫笑生涯
淡，味外鹹酸我自知。

教書、讀詩，雖是平淡，卻都有滋味，不是身歷其境者實難體會。他
過得非常寫意，所謂「自知世事經心少，不覺詩情著意多。」（〈為應
楠仔坑公校之聘、承瘦雲詞宗賦贈二首、即次瑤韻寄酬二首之一〉）
看明月映蘿，聽曉鶯啼夢，村居生活是很適合讀書寫作的。

大正四年（1915），他毅然排除萬難，東渡日本，除為了追求新
知，也因殖民政府在政治、經濟、教育各方面都對臺灣有差別待遇。
〈乙卯東渡學有作〉：

> 幽憤清狂付酒邊，浮沉身世奈何天。書生熱血濤千尺，遊子鄉
> 心月一船。彈鋏自知難作客，爛柯猶悔不成仙。翻然乞取神州
> 火，重結雞窗未了緣。

鄉思滿船，熱血滔滔，頷聯不是誇飾，而是實寫，他可不願躲在書齋中獨善其身。

「臺灣商工會長」蔡扁看重他的人品才學，到東京相當順遂，認識的人也越來越多，激起了雄心壯志，因作〈磨劍〉云：

> 久缺鋒鋩壯士哀，十年作礪逸奇才，何當斷水鳴龍起，一掃妖
> 氛瘴霧開。

課餘之暇，和友朋旅遊，熱海、神戶等地留下了足跡，「暫把詩書安我拙，不從名利與人忙。」（〈遣悶〉）是他內心的寫照。

他念念不忘的還是臺灣，〈秋日書懷〉：

> 眼中豎子肆猜嫌，同室操戈竟自殲；旅雁避矰寧耐冷，群蛾投
> 火慣趨炎。鄉關暮氣秋蕭瑟，人海狂瀾日戒嚴；我欲扁舟走天
> 外，風塵何處識虯髯。

頷聯顯現作者善於使事用典，尾聯既以虯髯客為英雄，可見志在不小。

大正八年（1919），回臺省親，南社社友為他接風，即席賦贈，〈詩幟〉八首是其詩觀：「興觀群怨我能言。」（其二）「千古杜陵推獨步，文章風氣又翻新。」（其六）「輞川誰繼為天子，重整新聲傳教幡。」（其七）教化、尊杜、創新的蘄向相當明確。

離臺後，先至曲阜謁孔，登萬里長城，作〈過山海關觀萬里長城〉：

> 秦關百二起榆枌，溟渤悲笳不忍聞。賊滿長安猶有將，兵臨廣
> 武已無君，千年帶礪連沙磧，一氣盤旋亂夕曛。至竟金湯何所
> 恃，有人海上駕輕雲。

詠長城，短短五十六字，自秦至民國，感喟無限。

南下遊秦淮河，經上海、蘇州、杭州，一路吟哦，再返東瀛，繼續未完的學業。

加入「臺灣文化協會」，參與爭取政治待遇平等的運動，與同志刊行《臺灣青年雜誌》。

一九二二年，作〈壬戌感事寄呈灌園先生〉，中有「洗耳卿雲歌祖國，關心霖雨望黎元」一聯，可見他和林獻堂都繫念中國，關懷臺灣。

家眷已在日本，鄭成功、劉銘傳是他常詠贊的對象，舉〈延平郡王祠訪梅〉如下：

> 一樹殘梅國姓祠，我來相對黯斜暉。古香有骨江山老，冷豔無
> 花雨雪霏。苔徑月明孤鶴立，荔牆日暮亂鴉飛。回頭二百年前
> 事，霸氣消沉蝶夢稀。

說是訪梅，卻歸結到鄭氏開臺，臺灣興亡，詠物成了詠史。

他曾參與臺灣議會設置請願與文化啟蒙運動，任《臺灣新民報》學藝部客員，有一首足以表現奮鬥不懈的精神，其〈古劍〉云：

> 幾經百年出遼西，不數霜花與血泥。三尺商庭曾照膽，夜來猶
> 作馬鳴嘶。龍文斑駁已無稽，千載何人此伴攜。想見當年邊塞
> 外，寒光飛處朔風淒。

「夜來猶作馬鳴嘶」，臺灣人的民族精神是不屈不撓，越挫越勇的。

　　他洞燭時弊，其〈神鍼法灸〉曰：「有一時之政治家，有千古之政治家。」

　　前者乘時藉勢，救弊扶偏，但社會風節「或因彼日至於墮落。」後者「不以一日之利，而遺百年之害；不以一隅之益，而貽全局之憂，……而至於數年、數十年、數百年後乃大奏其功。」（其一）又謂殖民地既無議院，亦乏輿論代表機關，「閥族蟠踞，昧於時勢，失於事機，偏袒為懷，蛇蝎其心。」（其三），終至權力衰替，國事日壞。紳士若能維持善良風俗、鼓吹文化、培養人才，「以從事政治，為吾民謀幸福者」（其四），是值得尊敬的；次則苟全性命，不求聞達，「吾甚憐之重之」，因為「其跡愈隱，其風概愈顯，自世之下聞其風者，猶足使頑夫廉，懦夫有立志。」（其五）有身居吏胥，名列議員，陰險譎詐，遇事生風之輩，為謝氏所厭鄙，「以其為虎作倀，……惟利是耽，……使寡婦孤兒，肩挑背負，粒粒辛苦之貯蓄，一旦烏有，哀號叫苦，慘狀莫名，猶不從事善後，或席捲而逃，或超然事外。」（其六）他提到的事狀，觀之於今日，仍如暮鼓晨鐘。

　　謝氏學精內外，胸羅政經，在〈對一九三五年新春述八大希望〉一文提出：一願東亞和平。二願臺灣施行地方自治。三願嘉南大圳水租賦課輕減。四願臺灣銀行兌換券，「制限外發行要大擴張」。五願臺南市地方繁榮，築港早日完成。六願當局參酌臺灣人生產能力，為增稅標準。七願不廢止漢文。八願改善旅行券制度。在當時可說敢直言，有膽識。

　　他工書善奕，喜烟霞，廣交遊。魏清德〈星樓遺稿集序〉記載與謝氏泛舟淡水河上，遙望稻津萬家燈火，歌詠元稹〈連昌宮詞〉、岳飛〈滿江紅〉，謝則扣舷朗誦白居易〈琵琶行〉、杜甫〈秋興〉，想見當日風雅。

　　謝氏之詩，題材有現代化者，如：

〈電燈〉

宜風宜雨又宜晴，火樹銀花不夜城。一線牽情猶未斷，泥人清
夢到天明。

〈氣球〉

萬氣包羅一氣浮，縱橫天路任優游。置身且作青雲客，更上銀
河摘斗牛。

電燈取代了銀釭，氣球取代了風箏，還是可以入詩。有些作品則具民
俗色彩：

〈擔仔麵〉

麥黃米白粉條新，竹擔燈籠喚賣人。沽客夜長眠不得，酸鹹妙
味說津津。

〈林投帽〉

草澤英雄人不識，也教棲鳥作林投。委身暫屈窮孤島，馳譽曾
傳遍五州。自愛風流憐士女，敢誇清白傲公侯。斜陽鞭影日相
逐，到處知君占上頭。

〈門神〉

萬戶新桃祝歲時，抱關擊柝整威宜。深宵長閉防鄰鬼，破曉變
開迓小兒。雨打梨花聲剝喙，月篩舊葉影迷離。拚教闖賊姦邪
遠，社鼠城狐惘不知。

從臺南著名的小吃、冠戴到宗教信仰，都描繪得生動傳神，他的筆路
是寬廣的。

六　學貫中西的林景仁

　　林景仁（1893-1940），字健人，號小眉，別署蟫窟主人。來臺開基祖是漳州龍溪的林平侯，因經營致富，捐貲為同知。富而好禮，倡修淡水文廟、海東書院，捐學租，置良田數百甲，做教養之費。

　　平侯二子國華、國芳卜居板橋，園林之盛冠於北臺。兄弟友愛，共產同居，號曰「本源」。林家助修淡水城，墾宜蘭荒地，經營米、鹽、樟腦、錢莊、航運，成為巨富。

　　國華所生，過繼給國芳的維源，光緒十七年（1892）清賦有功，升太僕寺正卿。維源之子爾嘉對孩子教育特別重視，終於將長子景仁栽培成一位學貫中西的詩人、學者、外交家。

　　景仁生於光緒十九年，從小穎悟，受教於施士洁門下，母親龔氏嚴加督課，十五歲畢諸經，能詩文。爾嘉在廈門組菽莊詩社，施士洁、許南英、汪春源陸續參加，景仁得以向這些前輩宿儒請益，詩藝因而大進。

　　景仁二十歲即往英國，入牛津大學深造，復遊歷各國，通英、日、法、荷等國語文，既讀萬卷書，又行萬里路，對往後的詩文大有助益。

　　《摩達山漫草》是他第一部詩集，於一九二〇年出版，與妻張馥英寄住外舅張耀軒的摩達山茂榕園，靈山秀水，是創作題材和靈感的源泉，因此完成了許多佳構。

　　外舅這座別墅，白雲四環，下臨田濤，右有草亭，旁繞溝渠，蠻花點綴，怪禽奇鳥，古松異樹，風物優美，徜徉其中，就像世外桃源。在這裡感到一種自足於內，不假外求的幸福：

〈讀書山中示內〉

鉗楚應無市，逃秦幸有天。青山偕隱宅，秋水偶耕田。結習成
久障，多生漸入禪。試吟寒月卷，相勗只詩篇。

世亂如麻，夫妻在此作神仙眷屬，舉案齊眉，並肩吟哦。他常常從山
莊走到硫黃洞，平旦之氣使人清明：

〈山中曉起〉

曉來秋氣到巾瓶，露淨風疏遠思醒。一衣孤芳化荃蕙，百年浮
夢付通苓。閒行弄水鷗分席，偶出看雲鶴守扃。清福此間儘消
受，幾人無愧此山靈。

弄水看雲，享盡了清福，只希望「功成長揖賦歸田，販繒屠狗真吾
友。」（〈長歌贈內兄張步青〉）富貴於他如浮雲，頗有宋代理學家的
味兒。

身在山中，還是懷念紅塵裡的師友，施士洁、許南英、陳迂叟、
龔螫存、莊鑄儂、汪柳塘、沈琛笙常跟他魚雁往還，以詩酬酢。

讀書餘暇，他憶起新加坡的民情風俗：

〈雜感七首〉追詠星洲土俗也

其一

少年紛出門，求做雒陽賈。時來但守株，黃金天可雨，不屑錐
刀末，翻嗟筋力苦，治生失正道，僥倖策爭取。豈知儻來物，
最觸鬼神怒；舟阻西方兵，貨折南州估；朝擁石苣財，名成黔
妻竇，吳市學吹簫，乞食歸故土。

其六

人種不追回，仲容失其所。一任衣冠族，降與羌胡侶。祖宗鄙

> 田舍，故國忘禾黍。愚公知買賣，孫皓工爾汝。城頭罵漢人，
> 盡作胡兒語。

議論多過描摹，具宋詩的特色，當時星州風俗，好賭懶做，求富忘
禮，與漢人大不相同，其六末二句將顏之推「漢人學得胡兒語，回向
城頭罵漢人」截用。

《摩達山漫草》盡是異域風光，〈植物〉四首寫的是爪哇茶、椰
子、金雞納霜、咖啡：

> 大瓢例牛飲，消味遜龍陂，絕味君方盛，神州種已衰。
> 故事傳林邑，千金買舊仇，至今留飲器，猶似越王頭。
> 有生必有克，癘鄉治瘧樹，勝呼石虔名，如誦杜陵句。
> 莘莘香盈把，纍纍子滿枝，炎荒少紅豆，贈此替相思。

這些物產、花草、樹木與臺灣、日本、中原不同，人種亦異，〈訪達
摩酋長〉云：

> 千年古莽此遺黎，冠羽衣毛作洞棲，一洗文人孤陋習，陸機今
> 亦識撐犁。

〈勿拉士答宜埠觀市〉云：

> 瘦日荒荒匼涸津，煙蕪遼廓莽無垠；一聲乾笑鴉嗤客，數點獰
> 光狄睨人。黗面敗墟多鬼趣，紅裳枯柵作幽春。狙羹竹飯皆奇
> 味，饒爾榛狉太古民。

衣飾、住居、飲食皆有其特色，第二首後半部雖是反寫，細思也是實
情。

猶勝武陵漁父，他以生花妙筆描繪南洋風物，未空手而返，與許

南英輝映媲美。

西元一九一八年十一月十日，景仁泊舟斐島，晤桂康源總領事，把盞言歡，同鄉在「東方俱樂部」設宴接風，吟詩以紀其盛。往香港謁見前輩陳省三，呈詩請其指正；至九龍，取道廣州，到汕頭，友人餉蟹，大快朵頤。

過七州洋，舟中作律一首示七弟志寬：

> 龍愁鯨吼海天昏，遷客難招白石魂。萬里火雲封百粵，千年黑水界中原。張榮誰獻修船策，徐衍空憐負石冤。一掬崖山亡國淚，船樓淒絕趙王孫。

書至尾聯，彷彿看到南宋亡於蒙元，陸秀夫背著帝昺跳海的悲慘場面，忍不住熱血沸騰，思潮澎湃洶湧。

他出身富貴人家，兼管商學，業務繁忙，尚能從客吟詠，佳構間出，相當難能可貴。

另一本《天池草》在新加坡出版，有許多題畫詩，〈題友人淡水湖秋泛圖〉、〈題摩耶山踏雪寄神戶眉生仲氏〉、〈採蓮曲題友人畫冊〉，皆可觀，舉〈題秋山聽泉圖〉於下：

> 淒猿怨鶴伴辛酸，倚竹誰憐翠袖寒？寄語今生莫嗚咽，恐流幽恨到人間。

借圖發揮，抒寫心意，是其所長。

〈治生卮言四首寄倫敦銘三弟〉　最能顯現其人生哲學，其一云：「嘔心無富兒，食肉寡雅骨，……島郊太瘦寒，玉石多豪猾，衣食興文章，民生難廢一。……吾愛鷗夷子，奇才古今傑。」意謂專力於詩則貧，而富貴者多俗，兩者不可得兼，古代才學與貨殖俱佳者，唯鷗夷子一人，是他崇拜歆羨的對象。其二云：「溪斯缺菽水，仲尉

困蓬蒿，文人欺世語，自詡每清高，牝牡了不辨，窮然安足豪？」承
接第一首，以為知識分子不可有酸腐的頭巾氣，自鳴清高，終身潦
倒。其三云：「勤儉古良箴，……大賈出西州，百年枝葉茂，不隨世
風靡，能循先人舊。吾國紈袴子，徵逐多昏謬。」勤儉興家，奢侈亡
國，陳後主、韓延壽一喪邦，一棄市，足資警誡。其四云：「眾趨慎
勿趨，眾避慎勿避，善觀萬貨情，自得一世利，……百萬產可傾，一
夕富立致，俄頃見升沉，於茲制拙智。……辛苦僑民血，激昂志士
淚；神州霸氣衰，不見崑崙使。」善觀萬貨，富可立致，中國勢衰，
僑民在國外備受欺凌。

這四首從個人、社會而推及國家、世界，作者有富貴氣而不俗
氣，喜風雅而無頭巾氣，懂現實而不失理想，不盲目守舊，也不一味
趨新。

他才氣縱橫，同韻可一疊再疊，多至二十，以〈南溟寓齋雅集〉
為例：

> 一春作達愛南朝，鵁箭虵槍瘴夢消，世外形骸狂士麈，酒間意
> 氣博徒梟。少年時節歌金縷，美諡今生擬洞簫。只有騷愁無著
> 處，東風吹落七鯤潮。

潮、消、梟、簫、潮叶韻，屬下平二蕭，再觀其〈雨熜遣悶疊前韻柬
同社友〉：

> 捲簾青受眾峰朝，一雨冷然大暑消。海外農歌愛秧馬，閩中春
> 事憶桃梟。僅容涼夢搖銀燭，且放閒情捻紫簫。願乞竟陵門討
> 鉢，知君吟思正如潮。

押的還是蕭韻，又喜用典故、古字，難免有炫學耀才之嫌。

〈書懷三四五六疊韻柬漱石〉以至〈七疊韻柬漱石〉，雖是酬

贈，可非率易之作。再看〈效四憶堂春興八九十十一倒疊韻〉之八：

> 扶闌曲港看生潮，斜日消愁起遠簫。舊國誰依王謝燕，謫起翻愛李韋梟。荒碑秋草名心滅。禪榻春風綺障消。怕見長安來往客，苦將雨露話新朝。

所謂倒疊韻就是說還押同一韻，但將「朝、消、梟、簫、潮」倒為「潮、簫、梟、消、朝」，這首如此，同題其餘五首也是。

從〈鶴田以和詩見示十三疊韻為贈〉以至〈二十疊贈許贊元〉都同疊蕭韻，不論從內容、用字、造詞、對仗來看，皆非牽綴、排比、填塞者可比，而是用心撰寫的作品。

西元一九一九年夏，他在新加坡，因闌尾炎動手術，康復後作〈病後雜言〉五古三首，謂中國醫學自古發達，「不幸逢陋儒，鄙名斯技小」，幸西醫進步，妙手成春，次論養生之道，切勿暴飲暴食；末言死生有命，福禍有定。

病癒，搭船過麻六甲海峽，抵棉蘭。重陽節偕漱石、耕心登摩達山，訪東臺灣、廈門吟友。

續往暹羅遊歷，再往巴達維亞城，撰〈即事〉詩四首，結束了東南亞之行。

倦鳥知返，在國外留學、寄居、旅遊多年的景仁於七月回到臺灣，見到弟弟，手足情深，喜而吟哦：

> 故宮才作銅駝詠，遺宅旋悲竹馬居。仲蔚蓬蒿真若此，元超磐石感可知。洛中興廢關園圃，江左烟塵換里閭。惆悵烏衣諸子弟，一篇述德願猶虛。

對故宅由盛轉衰，相當感傷。

在家盤桓數日，便往景美訪老友石齋，參拜盤古廟。

　　本島詩友開會歡迎，免不了一番酬酢詠和，瀛社同仁在稻江酒樓款宴，他大發雅興，作〈即事〉四首，序云：「十年行役，我勞如何？雙鬢蕭騷，人生奚事？對此行樂，始欲言愁。」錄其詩如下：

　　拋卻蘇秦二頃田，南窮尖嶠北幽燕。憑君檢點風塵跡，
　　險阻艱難十九年。

　　斜日相逢喚奈何，酒人屠市已無多。年來劍氣銷沉盡，
　　莫唱王郎斫地歌。

　　秦川公子怯登樓，風月當年盡俊游。金雁細蟬萬行淚，
　　更將舊曲譜伊州。

　　海外風騷此總持，抽黃對白憶兒時；旗亭小飲猶如昨，
　　坐聽高王畫壁時。

自遠遊、離愁而敘及相逢高詠，意興風發，並製七律五首贈瀛社諸子。

　　登大屯山，作歌贈沈琛笙。重陽待菊，有詩寄廈門菽莊詩友。遊圓山、草山。偕五弟至北投溫泉泡湯，口占十四韻。

　　他將在臺所作，輯成《東寧草》，於一九二三年出版，內容多詠史事、風物。

　　〈詠史〉三十首頗值　讀，每首各詠一人，以韻為先後順序，從沈光文以至黃事忠，中及林鳳、劉國軒、顏思齊、林圯、朱術桂、懷安侯夫人、李茂春、鄭成功、林英、沈佺期、釋澄聲、徐元、盧若騰、蕭明燦、郁永河、吳鳳、施琅、王忠孝、張煌言、許吉燝、郭貞一、徐孚遠、魯王公主、諸葛倬、陳永華、葉后詔，皆七律，每首前

面有短序，足補史之闕，且具史識，舉數例如下：

〈沈光文〉

麒麟妖颮湧江中，書劍飄零任轉蓬。閉戶不知新莽臘，
抱關能屈信陵雄。文章草昧開初祖，天地崎嶇老寓公。
何處汴京望鄉國？青山一抹瘴雲紅。

〈劉國軒〉

漢鼎思憑一手扛，淮陰才調自無雙。須知末運終難復，
那有將軍肯乞降。讀史原心論功罪，登壇回首慕旌幢。
澎湖水戰空千古，嗚咽寒潮打怒江。

〈郁永河〉

車行萬里曉鳴鞘，獨立蓬萊看射鮫；山水有靈驚好事，
滄桑多故訪殘鈔。樊南駁奏唐書記，蜀郡辭章漢客嘲。
我亦平生抱游癖，勝情未肯讓劉歆。

〈張煌言〉

裘帶風流喜將兵，東來悔聽草雞鳴；早知豎子無西意，
翻使孤臣竟北行。忍使有心攜劍客，佯狂何罪殺書生！
可憐四字留遺語，絕好江山萬里情！

以上四題，詠沈光文從其不事異族、開臺文獻立論；詠劉國軒讚其才
幹，頷聯責其乞降，又言末運難復，評騭而不失恕道，可謂一字千
金；郁永河則是瓣香歆羨的人物；詠張煌言則嘉其忠義，惜其不獲善
終。「草雞」二字意謂「鄭氏」，因「雞」於地支為「酉」，合「丱」
為「鄭」。王漁洋《池北偶談》曰：「草雞夜鳴，長耳大尾。」從字形

說，「草雞」是「酋」字，「長耳」是「阝」，「酋」字左下加「大」即
「奠」，「奠」加「阝」為「鄭」。尾聯所云「四字」，指張煌言為清兵
所執，就義前見青山夾岸，江水如澄，曰：「絕好江山。」（見連橫
《臺灣通史》卷二十九〈諸老列傳〉），慨嘆大好江山竟為異族敵國滿
清所侵佔。

林氏以〈東寧雜詠〉一百首最有體系，從元末在澎湖設巡檢司，
臺灣得名之始，荷殖時代郭懷一事件、鄭成功復臺、明鄭經營，以至
施琅侵臺，朱一貴起義，此為史事部分；又敘臺灣地勢、行政區域、
沿革、名勝古蹟、風俗、詩人著作、民間歌謠、物產，此為風物部
分。

各首皆為七言絕句，作者自云有「厲太鴻七子弔南宋之遺意」，
微意所在，實以中華遺民記錄往昔，雖說「新詠」，卻有詠史、詩史
的意義。此外，〈大甲席〉、〈鰶〉、〈烏龍茶〉、〈九孔〉、〈帝雉〉、〈文
旦柚〉、〈紅金瓜〉也是描寫臺灣特產的作品。

西元一九二二年，他與堂弟熊祥、蘇菱槎、王貽瑄、莊瘦民於臺
北組「鐘社」，專作詩鐘，時常雅集，詩風為之一盛。

稍後，往大陸，謁陳石遺、夏敬觀、鄭太夷、沈愛蒼，境界開
闊，風格漸變，詩名籍甚。

一九三二年，他從天津到瀋陽，任滿州國外交部北美司司長；一
九四〇年，卒於奉天，才人命短，惜哉！

童謠研析

隋唐五代十國童謠的背景及其內涵分類

一　童謠的背景

　　隋唐五代十國是由合而分，從統一而各自為政的局面，將近四百年（西元581-979年）從胡漢融合而對立，態勢是不相隸屬，大分裂中又有小分裂。

　　西元五八一年農曆二月甲子（14日），楊堅篡北周，建國號曰隋，改元開皇，是為隋文帝。開皇九年（西元589年）正月滅陳，次月，吳州刺史蕭瓛、東陽州刺史蕭巖投降，嶺南地區次第歸順，全國一統。繼任者煬帝荒淫無道，窮奢極慾，大興土木，民不堪命，變亂相尋，四處烽煙，大業十四年（西元618年）三月被宇文化及所弒，同年五月十四日，李淵即位，年號武德，是為唐高祖。

　　太宗貞觀二年（西元628年），全國歸順，二十三年（西元649年）五月崩，傳位高宗，高宗在位三十四年逝世，由中宗繼統，嗣聖元年（西元684年）二月，被廢為盧陵王，武則天改立少子李旦，是為睿宗，大權操於母后之手，載初元年（西元690年）九月九日，武則天自稱聖神皇帝，改國號為周，年號天綬，降睿宗為皇嗣。神龍元年（西元705年）正月，宰相張柬之等逼退武則天，中宗復辟，復唐國號。

　　至玄宗有「開元之治」，天寶十四年（西元755）十一月，安祿山

反，代宗廣德元年（西元763年），史朝義被殺，亂平，國勢由盛轉衰，開啟藩鎮割據之局，朝中有宦官、朋黨，外則回紇、吐蕃、南詔侵犯，終至引發黃巢、秦宗權之亂，歷十餘年之久（乾符元年至文德元年874-888年），加速唐室的覆亡。

昭宣帝（哀帝）天佑四年（西元907年）四月甲子（十八日），朱全忠篡位，國號大梁，開五代之先。五代統治範圍不出華北，各代時間短促，後梁（西元907-923年）、後唐（西元923-936年）、後晉（西元936-947年）、後漢（西元947-950年）、後周（西元581-979年），長者十餘載，短者三年而已，而十國卻較穩固，前蜀、吳、楚、吳越於朱全忠篡唐時，就宣布獨立，閩過二年（西元909年）、南漢再晚八年（西元917年）也脫離中央，荊南在後唐、南唐在後晉、北漢在後周時建國。十國除北漢在河東外，餘均在江南立國。前蜀最早滅亡（西元925年），北漢最遲（西元979年），已是宋太宗太平興國四年。

茲將十國建立與滅亡時間簡列如下

前蜀	907-925
吳	907-937
楚	907-951
吳越	907-978
閩	909-945
南漢	917-971
荊南	924-963
南唐	937-975
北漢	951-979
後蜀	934-965

五代至趙宋篡周（西元907-960年），長逾半個世紀，分崩離析。

隋唐五代十國童謠產生的背景就是從合而分，由治而亂的時空。

二 童謠的分佈情況

隋朝童謠九首
1. 章仇大翼引開皇初童謠
2. 開皇初太原童謠
3. 并州童謠
4. 隋煬帝時童謠
5. 大業中童謠
6. 陳留老子祠柏樹下三童子歌
7. 隋煬帝夢二豎子歌
8. 大業九年宮人歌
9. 隋末江東童謠

唐朝童謠三十四首
1. 桃李子歌二首之一
2. 桃李子歌二首之二
3. 竇建德軍中謠
4. 高昌童謠
5. 調露中嵩山謠（高宗時童謠）
6. 永淳中童謠
7. 調露初京城謠
8. 駱賓王為裴炎造童謠
9. 如意初里歌
10. 神龍後童謠

11. 唐武后時童謠

12. 潞州童謠

13. 潞州金橋童謠

14. 魯城民為姜師度歌

15. 神雞童謠

16. 天寶中兩京童謠

17. 唐天寶中幽州童謠

18. 安祿山末反時童謠

19. 唐天寶中玄都觀詩妖

20. 天寶末京師童謠

21. 代宗夢黃衣童子歌

22. 朱泚未敗前童謠

23. 元和小兒謠

24. 唐憲宗時童謠（張權輿為裴度造謠詞）

25. 大中末京師小兒語

26. 鄴城童子謠

27. 咸通七年童謠

28. 咸通十四年童謠

29. 乾符六年童謠

30. 乾符中童謠言（唐僖宗時童謠）

31. 中和初童謠

32. 秦中兒童戲為顛當語

33. 董昌稱帝謠

34. 光啟中福建童謠

五代十國童謠二十三首

1. 桂管兒童呼語

2. 秦中芭蕉謠

3. 天祐中謠（楊渥時謠言）

4. 淮南市井小兒唱

5. 金陵漁者唱

6. 徐溫李昇相江南時童謠

7. 馬希廣時長沙童謠

8. 馬希崇時長沙童謠

9. 馬氏將亂時湘中童謠

10. 蔣橫遘禍時童謠

11至13南曲中小兒三首

14. 秦人竹鰡謠

15. 武義中童謠

16. 王建時里巷謠

17. 王衍在蜀時童謠

18. 李後主時童謠

19. 高酒禿醉歌

20. 華姥山童子歌

21. 長沙羊馬童謠

22. 天會童謠

23. 劉鋹末年廣南童謠

以上隋至五代十國總計六十六首。

三　隋朝童謠的內涵分類

從內涵來看，隋朝童謠九首可分三類探析，即預言、心聲與偽造，茲先述預言類五首：

并州童謠：

> 一張紙，兩張紙，客量小兒做天子。

此謠有偽造的嫌疑，功能卻在預言，謂漢王楊諒會即皇帝位。謠裡的「客量」指「客諒」，量諧音「諒」，楊諒小字阿客，出任并州總管，是隋文帝第五子，自認有天子之命，所以在文帝崩後，舉兵反，為楊素所敗，降，廢為庶民，以幽死，預言並未應驗。紙，謂委任書。

其次〈開皇初太原童謠〉：

> 法律存，道德在，白旗天子出東海。

此預言李淵會當天子。

童謠前二句讚頌法制、道德兩得其宜，末則預言李淵將膺天命，謂符讖尚白，建白旗，興義兵以檄郡縣，「東海」喻「淵」。

謠以煬帝為題者有二，〈隋煬帝時童謠〉云：

> 蕭蕭亦復起。

謂外戚蕭氏仍掌大權，勢將再起，有警告挑撥之意，唯所言沒有應驗。

另一為〈隋煬帝夢二豎子歌〉：

> 住亦死，去亦死，未若乘船度江水。

煬帝縱情聲色，幸江都，病入膏肓時，夢二豎子（童子），遂無還
意，豎子，亦指病魔。不久，為宇文化及所弒。

〈大業九年宮人歌〉云：

> 河南楊柳謝，河北李花榮。楊花飛去落何處，李花結果自然
> 成。

此預言隋煬帝荒淫無道，作惡多端，距死期不遠，而李淵將取而代
之。一謝一榮，一枯一茂，成強烈對比。

第二類是百姓心聲，有〈隋末江東童謠〉：

> 江水何泠泠，楊柳何青青，人今正好樂，已復戍彭城。

由於隋煬帝荒淫失德，民不聊生，百姓恨之入骨，看到他日暮途窮，
不禁幸其災，樂其禍了。

第三類是偽造，有〈章仇大翼引開皇初童謠〉云：

> 修治洛陽還晉家。

隋朝術士章仇大翼為勸煬帝遷都洛陽，引用文帝初年可能杜撰的童
謠，因楊廣原封晉王，在洛陽。

又〈陳留老子祠柏樹下三童子歌〉云：

> 老子廟前古枯樹，東南狀如傘，聖主從此去。

李淵自謂老子之後，故引用此歌，讓天下人相信他是真命天子，有可
能是野心家偽造的。

第三首是〈大業中童謠〉：

> 桃李子，鴻鵠遶陽山，宛轉花林裡。莫浪語，誰道許？

說的是李密反隋的事件。謂李密經陽城山，往瓦岡寨，加入農民軍。當時各地軍旗如林。千萬要守密，李軍是最強的一支。「許」亦可解為宇文化及建立的國號。

四　唐朝童謠的內涵分類

唐朝童謠三十四首可分八類探析，第一類是記實，茲先言〈永淳中童謠〉：

> 新禾不入箱，新麥不入場。迨及八九月，狗吠空垣牆。

記述高宗永淳元年七月洛陽大雨成災，餓殍遍野的慘狀，與史筆無異。〈調露中嵩山童謠〉也成於高宗時，欲封嵩嶽而不得，是記實，也是譏刺。〈如意初里歌〉寫的是武則天執政時命曹仁師、張玄遇、王孝傑迎擊入侵的契丹部隊，卻遭敗績的史實。〈唐武后時童謠〉在寫實中寓針砭之意。

〈代宗夢黃衣童子歌〉云：

> 中五之德方峨峨，胡呼胡呼可奈何。

唐為土德，吐蕃畏懼郭子儀的聲勢，不敢輕舉妄動，無可奈何。更早的〈高昌童謠〉則記敘太宗時侯君集兵臨柳谷，高昌國王智盛投降的情形。

往後的〈咸通七年童謠〉、〈乾符六年童謠〉、〈中和初童謠〉、〈光啟中福建童謠〉都記敘僖宗時失序、敗戰、黃巢死以及王潮取代陳巖福建觀察使之事，茲舉最後一首：

> 潮水來，山巖沒；潮水去，矢口出。

前半不用費詞，後半謂王潮卒後，弟審知繼職，「矢口」合為「知」。

〈魯城民為姜師度歌〉、〈幽州童謠〉、〈鄴城童子謠〉也屬於此類。

第二類是警告的童謠，有〈調露初京城謠〉、〈唐天寶中玄都觀詩妖童謠〉，前者云：

> 側堂堂，橈堂堂。

「堂」諧音「唐」，堂堂，高顯之貌，警告有人窺竊神器，時武后野心已露，惜高宗不悟。

後者云：

> 燕市人間去，函關馬不歸。若逢山下鬼，環上繫羅衣。

玄都觀是故長安道觀。山下鬼合為「嵬」字，指馬嵬坡。環指楊貴妃，預言她將遭縊殺。

第三類是諷刺的童謠，僅〈神雞童謠〉一首：

> 生兒不用識文字，鬥雞走馬勝讀書。賈家小兒年十三，富貴榮華代不如。
> 能令金距期勝負，白羅繡衫隨軟輿。父死長安千里外，差夫持道挽喪車。

諷刺玄宗沉湎遊樂，無心治國，信用小人，讀書人反而不如鬥雞童飛黃騰達，謠意有不少憤懣感慨。

第四類是憤怒性童謠，〈天寶中兩京童謠〉云：

> 不怕上蘭單，唯愁答辯難。無錢求案典，生死任都官。

兩京指長安、洛陽，憤怒地直斥司法黑暗不公，沒有標準，唯錢是尚。

　　第五類讚頌童謠，〈潞州童謠〉、〈潞州金橋童謠〉都讚頌未登基前的李隆基。前者云：「羊頭山北作朝堂。」山在潞州南六十里。後者云：「聖人執節度金橋。」都在中宗景龍二、三年間傳誦，百姓有預期的心理。

　　第六類預言童謠，為數最多，先看〈朱泚未敗前童謠〉：

　　　一隻筋，兩頭朱，五六月，化為蛆。

預言朱泚由盛轉衰，終至敗亡。

　　〈乾符中童謠〉：

　　　金色蝦蟆爭努眼，翻卻曹州天下反。

僖宗乾符年間，連年饑荒，人飢為盜，王仙芝、尚君長攻陷曹州、濮州、鄆州，把曹州搞得天翻地覆，預言成真。

　　〈神龍後童謠〉云：

　　　可憐安樂寺，了了樹頭懸。

中宗時韋后亂政，與幼女安樂公主俱因專橫被誅，屍體草草掩埋了事。

　　〈咸通十四年童謠〉云：

　　　咸通癸巳，出無所之。蛇去馬來，道路稍開。頭無片瓦，地有
　　　殘灰。

癸巳屬蛇年，即咸通十四年，行事沒有目標。次歲似乎略為好轉，未料黃巢作亂，弄得家破人慌亂，屋頂沒有完整的瓦片，地上都是焚毀過的殘灰。

　　〈天寶末京師童謠〉云：

　　　　義髻拋河裡，黃裙逐水流。

義髻及黃裙都是楊貴妃所喜愛的，此預言安祿山之亂，她在馬嵬坡遭
縊殺，終落得義髻拋河，黃裙逐水流。

　　〈大中末京師小兒語〉、〈元和小兒謠〉二首亦屬此類。

　　第七類是遊戲類童謠，僅〈秦中兒童戲為顛當語〉一首：

　　　　顛當顛當牢守門，蠮螉寇汝無處奔。

顛當即土蜘蛛，窠深如蚓穴，善捕蠅蠮，卻怕蠮螉（土蜂）入侵，孩
童善於觀察，故而有此戲語。

　　第八類屬偽造，例如〈駱賓王為裴炎造童謠〉云：

　　　　一片火，兩片火，緋衣小兒當殿坐。

徐敬業討武后，想聯合中書令裴炎，駱賓王因造此謠，教兒童傳唱，
兩火合「炎」,「緋」、「非」音同，與「衣」成「裴」字。

　　另〈桃李子歌二首〉亦屬此類：

　　　　桃李子，莫浪語。黃鵠繞山飛，宛轉花園裡。
　　　　桃花園，宛轉屬旌旛。

這是野心家偽造的，「桃」與「陶」諧音，李指唐國公李淵，子謂子
孫，意指李淵當膺天命。〈董昌稱帝謠〉亦歸此類。

五　五代十國童謠的內涵分類

　　五代十國童謠二十三首可分五類討論，第一類預言，〈徐溫李昇

相江南時童謠〉云：

> 東海鯉魚飛上天。

句雖淺白，卻含深義，「鯉」諧音「李」，指李昇，說他將受吳禪為帝，成為南唐的開國之主。

又〈秦人竹鰡謠〉云：

> 鰡鰡引黑牛，天差不自由。但看戊寅歲，楊在蜀江頭。

面黑屬牛的劉知俊，功高震主，將遭誅戮的惡運。翌年戊寅，將其骨灰灑到蜀江頭。而〈王建時里巷謠〉亦云：「黑牛出圈棕繩斷。」也是以他為主要人物。

〈華姥山童子歌〉云：

> 靈菌長，金刀響。

有道是：「一葉落知天下秋。」華姥山中黃芝盛長，是兵連禍結的凶兆。

〈長沙羊馬童謠〉云：

> 三羊五馬，馬子離群，羊子無舍。

「羊」指楊行密，建吳國，馬即馬殷，受封為楚王，龐巨昭善星緯之學，預言楚國歷五位君主，吳國也僅歷三世而亡。後來果真應驗。

〈天會童謠〉云：

> 生怕赤真人，都来一夜春。

天會是北漢帝劉鈞年號（西元957-973年）；赤為火，宋應火德之象。這首童謠預言趙宋將一統天下。

〈淮南市井小兒唱〉云：

> 檀來也。

後周末南征時，淮南市井的孩童即普遍傳唱此歌謠，及泰州陷，先鋒皆作檀來之歌，聲聞數十里。〈金陵漁者唱〉、〈天祐中謠〉、〈劉鋹末年廣南童謠〉、〈武義中童謠〉皆屬此類。

第二類記實，為數不少，〈秦中芭蕉謠〉云：

> 花開來裡，花謝來裡。

此謠說出植物，以及當時的氣候、風土人情。

〈馬希廣時長沙童謠〉云：

> 湖南城郭好長街，竟栽柳樹不栽槐。百姓奔竄無一事，只是搓芒織草鞋。

說的是馬希廣嗣為楚王，兄弟不睦，干戈相向，百姓流離失所的慘狀。〈馬希崇時長沙童謠〉、〈馬氏將亂時湘中童謠〉也都慨歎楚王馬殷死後，其子互相攻伐，政治紛亂，民不聊生的情況。

第三類批評，〈蔣橫遘禍時童謠〉云：

> 君用讒慝，忠烈是殛。鬼怨神怒，妖氣充塞。

此謠評後漢國君信用阿諛諂媚的小人，忠良遭戮，弄得天怒鬼怨，妖氣充塞了朝廷。

第四類諷刺，〈王衍在蜀時童謠〉云：

> 我有一帖藥，其名曰阿魏，賣與十八子。

王宗弼是王衍的哥哥，但並非親兄弟，而是後蜀開國之主王建的養

子，他本姓魏。因此人們作這首童謠，假托一帖藥暗指王宗弼賣國歸唐之事，譏諷王宗弼的忘恩負義。

〈李後主時童謠〉云：

> 索得娘來忘卻家，後園桃李不生花。豬兒狗兒都死盡，養得貓兒換赤瘕。

譏諷李後主寵周后，荒於政事，為手下蒙蔽，國祚將盡。

第五類是行樂，〈高酒禿醉歌〉云：

> 酒禿，何榮何辱？但見衣冠成古邱，不見江河變陵谷。

元寂和尚俗姓高，博通經藏，南唐中主李璟授明教大師，性爽悟，常狂飲，一醉酒，就與十幾個小兒行歌，寓人生短暫，應即時行樂之理。

結語

從隋唐五代十國六十六首童謠產生的背景及內涵來看，多數在亂世或將亂之時，預言、譏諷、憤怒、批評多於讚頌，少數遊戲、歡樂性的童謠，也有頹廢消極的傾向，部分由成人造、孩童唱，很少是天籟或小兒的心聲。

隋朝童謠九首

一　章仇大翼引開皇初童謠——杜寶《大業雜記》

　　修治洛陽還晉家。

注釋

　　1. 章仇大翼：隋朝術士。

　　2. 開皇：隋文帝年號。

　　3. 杜寶：唐代人。

　　4. 晉家：晉的家鄉。

翻譯

　　修建東都洛陽，回到晉王的家鄉。

賞析

　　隋煬帝楊廣原封晉王，在洛陽。即帝位後，術士章仇大翼引開皇初童謠，勸他遷都，帝遂將首都從長安移往洛陽，時在大業二年（西元606年）。

二　開皇初太原童謠——溫大雅《大唐創業起居注》

　　法律存，道德在，白旗天子出東海。

注釋

　　1. 白旗天子：指李淵，李氏尚白。
　　2. 東海：用以喻「淵」。

翻譯

　　法律的制度，道德的規範，都規劃周詳，白色軍旗的天子出於東海上。

賞析

　　此出自《大唐創業起居注》，唐太宗留守太原，興義兵以檄郡縣，由於軍司以兵起甲子之日，又符讖尚白，於是請建白旗，故有「白旗天子出東海」之謂。

三　并州童謠——《北史‧隋宗室諸王》

　　一張紙，兩張紙，客量小兒做天子。

注釋

　　1. 并州：在今山西省太原市西南。
　　2. 紙：任官的文書。

3.客量：隋文帝第五子名諒，小字阿客，封漢王，出為并州總管。

翻譯

一紙委任狀啊，兩紙委任狀，字客名諒的小兒子啊要登基為帝。

賞析

量諧音諒，漢王楊諒自認有天子之命，所以在文帝崩後，舉兵反，為楊素所敗，降，廢為庶民，以幽死。野心家常利用謠讖，遂行其謀反的企圖。

四　隋煬帝時童謠——《隋書列傳四十四卷·外戚·蕭歸傳》

蕭蕭亦復起。

注釋

1.蕭蕭：蕭歸，梁昭明太子統之孫也。蕭蕭指蕭氏家族。
2.亦：作「已」解。
3.復起：言蕭氏家族在中衰之後又有逐漸興盛的跡象。

翻譯

昔日瀟風披靡天下，今日九州陽光普照，雖有皇后姻緣事，唯有明哲身能保。

蕭家勢再起，故遭隋帝忌；終因賀若弼，一舉廢門第。

人人知道：「蕭氏勢比梁寶高」，誰知明日門庭竟蕭蕭。

賞析

　　這首童謠載於《樂府詩集》卷八十。要旨謂蕭氏家族在歷經年代變遷已逐漸衰頹，且隋帝已建立王朝，蕭氏家族自然難再振興。但隋對蕭氏後人恩禮甚殷：隋高祖備禮納蕭巋之女為晉王妃，又欲以其子煬尚蘭陵公主。巋死後，其子琮嗣位，上封之為東陽王，後立為梁太子。煬帝因皇后之故，甚見親重，拜琮為內史令，改封梁公；琮之宗族布列朝廷。由此，世人以為蕭氏的聲望已逐漸振興，且有凌駕皇帝之勢。凡為帝者，必懼外人篡奪，所以雖互為郎舅，仍忌之。適逢賀若弼被誅，琮素與弼友善，煬帝正好藉機除去眼中釘。其後人亦鮮少再受重用。

　　《隋書蕭巋傳》後記說：「三、五哲王，防深慮遠，舅甥之國，罕執鈞衡；母后之家，無聞頹敗……若使獨孤權侔呂、霍，必敗於仁壽之前；蕭氏勢均梁、竇，豈全於大業之後，今或不隕舊基，或更隆先構，豈非處之以道，不預權寵之所致乎！」足見蕭氏欲藉外戚干政，必遭殺身之禍；蕭巋與蕭琮雖大度，博學而有文義，然不能急流勇退，廢後門祚衰薄，一蹶不振。唉，人不能恃寵而驕，蕭氏即是一大警惕啊！

五　大業中童謠──《隋書‧五行志上》

　　桃李子，鴻鵠遶陽山，宛轉花林裡。莫浪語，誰道許？

注釋

　　1.陽山：即陽城山，陽諧音楊。

　　2.浪語：胡言亂語。

翻譯

遍山遍野開滿了桃李，到處飛翔著鴻鵠。切莫胡言亂語，那是不被允許的。

賞析

這是隋煬帝大業年間流傳的童謠，說的是李密反隋的事件。

李密參與楊玄感反隋事變，「李」暗指他，經陽城山，往瓦岡寨，加入農民軍。當時各地起義，五色軍旗如林。千萬要守密，李氏軍隊將是最強盛的一支。「許」亦可解為宇文化及建立的國號。

六　陳留老子祠柏樹下三童子歌──《隋書・王劭傳》

老子廟前古枯樹，東南狀如傘，聖主從此去。

注釋

1. 陳留：今河南開封。
2. 聖主：聖人、聖明之主。

翻譯

老子廟前的老柏樹東南枝條枯而復生，狀如傘蓋，聖主將出世度人。

賞析

一般認為老子姓李，李淵自謂老子之後，故引用此歌，告訴眾人：自己膺受天命，李唐政權即將成立。他仍襲用傳統野心家的欺

騙、宣傳手法，以贏得民心。

七　隋煬帝夢二豎子歌──《隋書‧五行志上》

住亦死，去亦死，未若乘船度江水。

注釋

1. 隋煬帝：名廣，文帝第二子。文帝寢疾，以廣所行無道，欲廢之，廣遂弒文帝。即位，耽奢侈，廣興土木，造西苑，置離宮四十餘所。開運河、邗溝、永濟渠。築長城。所役人民不可勝計，眾怨沸騰，群雄蠭起。南巡至江都，沉緬酒色，無意北歸，為宇文化及所弒，在位十二年。

2. 二豎子：二豎猶言病魔也。《左傳成公十年》公夢疾為二豎子，曰：「彼良醫也。懼傷我焉逃之。」其一曰：「居肓之上，膏之下，若我何。」醫至，曰：「疾不可為也，在肓之上，膏之下，攻之不可，達之不及，藥不至焉。」後人謂病為二豎，本此。豎子，童子也。

3. 度：與渡通，過也。《漢書‧賈誼傳》：「猶居將河之維楫。」

翻譯

停留在此也是死，離開也是死，倒不如乘著船，渡過浩浩的江水，尋歡作樂去吧。

賞析

整首童謠淺顯易懂。粗看無一難字，無一艱深的語詞，但細心品

味，卻蘊藏著一個極消極的想法。首先點出所處的形勢，不論「住」
或「去」，其結果終究一死，已表現出無奈的境遇。為逃避現實，「未
若乘船度江水」點出了故事中人物所希望選擇的結果。這雖是消極的
思想，但在那無奈的大環境下，只好將自己的死生未來託付於江水，
暫且及時行樂吧！

八　大業九年宮人歌──《說郛》卷三十二〈迷樓記〉

> 河南楊柳謝，河北李花榮。楊花飛去落何處，李花結果
> 自然成。

注釋

1. 河南：黃河以南。
2. 河北：黃河之北。
3. 楊花：喻隋朝楊家。
4. 李花：喻唐朝李淵。

翻譯

黃河南邊的楊柳謝了，北邊的李樹卻欣欣向榮。楊花飛逝，凋落
何方？李樹開花，自然結果有成。

賞析

〈迷樓記〉一稱〈煬帝迷樓記〉，又名〈隋煬帝迷樓記〉，不著撰
人。明朝高儒《百川書志》認為唐人所作。

《大業拾遺記》載迷樓在江都（揚州），聽宮人歌此曲，問之，

答以其兄弟在路上聽許多兒童傳唱。煬帝默然，大概他已預知來日無多了。

九　隋末江東童謠——《古謠諺》卷三十六引《長短經·卷四霸圖篇》

江水何泠泠，楊柳何青青，人今正好樂，已復戍彭城。

注釋

1. 泠泠：音ㄌㄧㄥˊ ㄌㄧㄥˊ，水聲洋溢也。文選陸機文賦：「音泠泠以盈耳。」
2. 青青：茂盛狀。《詩·衛風·淇澳》：「綠竹青青」。傳：「茂盛貌。」釋文：「本或作菁。音同。」
3. 戍：音ㄕㄨ。守邊也，見《說文》。《左傳》桓六年：「於是諸大夫戍齊。」注：「守也。」

翻譯

江水潺潺流著，江邊楊柳搖曳青翠的枝條，人人歡欣鼓舞，因為有王師戍衛於彭城。

賞析

這是一首具有歷史意味的時代性童謠。眾所皆知，隋末因煬帝好大喜功，外拓疆土不成，而損兵折將，勞民傷財，又由於其安於逸樂，揮霍無度，民不聊生，在這種時勢下，必有具野心欲稱霸者佔地稱王。

　　此謠創作年代是恭帝義寧三年，煬帝被殺之後，不管恭帝是否為賢君，對百姓而言總是替換掉昏君，有重見天日的一線希望。由前二句「江水」、「楊柳」、「泠泠」、「青青」道出當時貧乏動亂後重回寧靜和平，後二句直敘大家的心情及原因。

唐朝童謠三十四首

一至二　桃李子歌二首——《大唐創業起居注》卷一

　　桃李子，莫浪語。黃鵠繞山飛，宛轉花園裡。
　　桃花園，宛轉屬旌旛。

注釋

1. 桃李子：桃與陶諧音，李指唐國公李淵，子謂子孫，意指李氏為陶唐之後。
2. 浪語：胡言亂語。
3. 桃花園：《全唐詩》十二作「桃李園」。

翻譯

　　唐國公李淵當繼陶唐之後，大家千萬守密別亂說。一舉千里的黃鵠啊繞山飛翔，宛轉於花園中。

　　唐國公大軍的旌旗似百花盛開，宛轉相連，一片燦爛。

賞析

　　這兩首跟《隋書・五行志》的《大業中童謠》近似，表面是謠讖，其實是有心人偽造的政治性童謠。

三　竇建德軍中謠──《舊唐書·竇建德傳》

豆入牛口，勢不得久。

翻譯

豆子進入牛的口中，情勢怎能持久呢？

賞析

此謠有俚語的意味，因竇與豆同音，以竇建德入牛口渚，假想為豆入牛口，著實耐人尋味。由此推想，此謠應是秦王為惑亂竇建德軍心，命人偽造。

據《舊唐·竇建德傳》中云：「武德三年，秦王攻王世充於洛陽，四年，建德來救，秦王入武牢，建德數不利，於是率眾進逼武牢，官軍按甲挫其銳，及建德結陣於汜水，秦王遣騎挑之，建德進軍而戰，竇抗當之，建德少卻，秦王馳騁深入，反覆四五回合，然後大破之，建德中槍，竄於牛口渚，車騎將軍白士讓、楊武威生獲之。先是軍中有童謠曰云云，建德行至牛口渚，甚惡之，果敗於此地。」由此推測此謠應係有心之人故作，以惑亂軍心，而非兒童之作。

四　高昌童謠──《舊唐書·高昌國傳》

高昌兵馬如霜雪，漢家兵馬如日月。日月照霜雪，迴手自消滅。

注釋

迴手；猶回首，喻瞬間。迴，一作回。

翻譯

高昌國的兵馬像霜雪一般，大唐的兵馬如日月一樣。日月照在霜雪上，霜雪一下子就消失不見了。

賞析

此首高昌國的童謠句句押韻，採用比興的描寫，讀來淺近易懂，具有鮮明的節奏感。

據《舊唐書》所載，高昌國王麴伯亞死，兒子文泰繼位，唐太宗要文泰向朝廷納貢歸順，文泰卻託詞有病不能前往，太宗於是派吏部尚書侯君集為交河道大總管，率兵攻打，文泰非常害怕。於是高昌國有人開始唱這首童謠，文泰派人捉捕初唱者而不得。後文泰發病而死，其子智盛繼位，侯君集兵馬到了柳谷，逼近高昌國都，智盛不得已出城投降。

五　調露中嵩山謠（高宗時童謠）──《新唐書・五行志二》

嵩山凡幾層，不畏登不得，但恐不得登。三度徵兵馬，旁道打騰騰。

注釋

1. 旁：即傍，依靠之意。
2. 騰騰：浩浩蕩蕩。

翻譯

中嶽嵩山有好幾層高，不怕登不上去，只恐沒辦法登上去。高宗曾三度徵召兵馬軍士，依山傍道，浩浩蕩蕩地想要登上去，卻總是不能成功。

賞析

據《新唐書・五行志二》載：高宗自調露中欲封嵩山，因突厥叛亂而止，後來又欲封，以吐蕃入寇而停。按《廣記》卷一百六十三引《朝野僉載》有「永淳年又駕幸嵩嶽」八字，故知此謠當作於永淳年間。

高宗屢以兵亂之事而難以登上嵩山，謠中「不畏登不得，但恐不得登」兩句，顯現矛盾心理，實令人費解。也許其意在諷刺高宗不先平兵亂，卻又以封山之事三徵兵馬，怎登得上嵩山呢？

六　永淳中童謠──《新唐書・五行志二》

新禾不入箱，新麥不入場。迨及八九月，狗吠空垣牆。

注釋

1. 永淳：唐高宗李治年號。
2. 迨：及也，到了。

翻譯

大雨成災，無新禾入箱篋，沒新麥入穀場，餓殍盈野。到了八、九月，只有餓狗對著空牆吠。

賞析

永淳元年七月，東都洛陽大雨，禾稼腐爛，麥子歉收，百姓枵腹覓食，衣不蔽體，終至倒斃路旁，瘦狗垂死前對著空屋哀嚎。

七　調露初京城謠──《新唐書‧五行志二》

側堂堂，橈堂堂。

注釋

1. 調露：唐高宗年號。
2. 側：不正。
3. 橈：不安。
4. 堂堂：高顯之貌。另郭茂倩《樂府詩集》云：「堂堂本陳後主所作，唐為法曲。」是角調曲，唐高宗時樂府。

翻譯

高顯的大唐地位有人窺視打算竊奪，有不正不安的現象。

賞析

唐高宗夙患風疾，大權旁落於武后之手，此謠預告未來的政治情況。

八 駱賓王為裴炎造童謠——《太平廣記》卷二百八十八——《朝野僉載》逸文

一片火，兩片火，緋衣小兒當殿坐。

注釋

1. 兩片火：兩火合而為「炎」。
2. 緋衣：緋與「非」音同，與「衣」合成「裴」字，指裴炎。

翻譯

一片火啊兩片火，火勢炎炎，炙手可熱，穿著緋衣的小兒當殿坐。

賞析

徐敬業討武曌，想聯合中書令裴炎，駱賓王因造此謠，教炎莊上及都下童子軍傳唱，炎謀為內應，傳入禁中，遂為武后所殺。

九 如意初里歌——《新唐書・五行志二》

黃獐黃獐草裡藏，彎弓射爾傷。

注釋

1. 如意：武則天篡位，國號周，如意是其年號。
2. 里歌：鄉里歌謠。

3. 黃獐：動物，山谷名，也是舞曲名。

翻譯

那黃獐啊黃獐躲在草叢中，趕快彎弓搭箭射死牠。

賞析

「黃獐」一詞多義，既可解為「惡人」，也可作健舞名，更是山谷名。通天元年（西元696年）五月，契丹首領松漠、都督李盡忠、歸城州刺使孫萬榮攻陷營州，武后命曹仁師、張玄遇、王孝傑迎擊；八月戰於黃獐谷，曹仁師戰死，王孝傑敗逃，張玄遇被俘。

十　神龍後童謠──《新唐書·五行志二》

可憐安樂寺，了了樹頭懸。

注釋

1. 安樂寺：指安樂公主，由於前後為五字協韻，故以安樂寺代替安樂公主。
2. 了了：草率的。

翻譯

安樂公主真可憐，到頭還是樹頭懸。

賞析

神龍是中宗年號，安樂公主乃中宗幼女，韋皇后所生，她於洛州

道光坊造安樂寺。後來韋氏與她因專橫被誅。

此謠讀來節奏有韻，用比興的描寫，把安樂公主比喻成安樂寺，由眼所見，悲憐安樂公主的遭遇，並引以為鑑。

十一　唐武后時童謠——郭茂倩《樂府詩集》卷八十九

> 紅綠複裙長，千里萬里聞香。（一作「紅綠複裙長，十里五里猶香」）

翻譯

> 有錢人家的阿姨媽媽們
> 穿的是紅紅綠綠的雙層大彩裙
> 每當穿越大街
> 在十里城外就能聞到香味
> 走在人群中
> 在五里城外就能看得清楚
> 真是叫人羨慕

賞析

這首短短的的童謠，表面似乎是頌美之辭，而實際則包含著勸喻貶責之深意，這是反面的敘述手法。

武后掌權之前的所作所為，深為後人所唾棄。首句「紅綠複裙長」正是描繪武后得勢前卑躬諂媚的嘴臉；紅綠顏色豔麗，即是使用各種變化不同又能蒙蔽視覺的手段，複裙指雙層、一層又蓋一層的裙子，言其長，更可長袖善舞，兩面逢迎。今日笑臉，明日就成了她的

階下凶、裙下魂。可見她的手段卑劣，善於為己造勢。後句「千里萬里聞香」，正是指武后掌權為民所唾責的情形。香，臭之反也，遺臭千里萬里。千里萬里言其廣，即喻舉國皆知武氏的醜行，傳至千里萬里之外。

可見童謠能反映時代的背景、民間疾苦、政治得失等社會狀況，確是功不可沒。

十二　潞州童謠──《新唐書・五行志二》

羊頭山北作朝堂。

注釋

1. 羊頭山：潞州南六十里。潘炎童謠賦序：郡南六十里有羊頭山。今興唐宮。即當之也。
2. 朝堂：朝廷。

翻譯

羊頭山北作皇宮。

賞析

這首童謠出於唐景龍年間，當時玄宗到潞州，百姓景仰歌頌，景龍二年九月以後，於是有此謠。

十三 潞州金橋童謠——《古謠諺》卷七十五引《張燕公集》

聖人執節度金橋。

注釋

1. 潞州：北周置都，故治在今山西省長治縣。《讀史方輿紀要·山西》潞安府，禹貢冀州地，春秋赤狄潞子國；戰國為韓別都，曰上黨郡；北周於郡設潞州；隋復曰上黨郡；唐又復曰潞州。

2. 金橋：謂黃金之橋也。又謂金色山丘橫亙如橋。

3. 聖人：尊稱天子。莊子天地篇曰：「堯觀乎華，華封人祝曰：『恭祝聖人，使聖人壽，使聖人富，使聖人多男子。』」指李隆基。

4. 節：古代政府所用之信物曰節。戰國以後，出使用旄節，行軍用符節。

翻譯

天子執節，度（一作渡）越金橋。

賞析

這是李隆基在潞州時的童謠，預言他由此渡橋，後日登基為帝。

十四　魯城民為姜師度歌──《太平廣記》卷二五九引 《朝野僉載》

魯地一種稻，一概被水沫。年年索蟹夫，百姓不可活。

注釋

1. 姜師度：蒼州刺史兼按察。
2. 被水沫：遭水淹沒。
3. 蟹夫：指捉螃蟹的人。

翻譯

刺史要百姓在魯城裡面種稻，卻全遭水淹沒了，又差遣人去抓螃蟹，以飽口腹之慾，民夫深以為苦，快活不下去了。

賞析

姜師度好奇詭，愛表現，既造槍車運糧，復開河築堰，弄得州縣鼎沸。令魯城界內種稻，刺史喜食蟹，又差人去打蟹，百姓患之，因唱此歌，是相當寫實的。

十五　神雞童謠──《時人為賈昌語》

生兒不用識文字，鬥雞走馬勝讀書。賈家小兒年十三，富貴榮華代不如。能令金距期勝負，白羅繡衫隨軟輿。父死長安千里外，差夫持道挽喪車。

注釋

1. 賈昌：長安宜陽里人，解鳥語音，召試殿庭，中玄宗意，為雞坊五百小兒長。
2. 金距：指鬥雞。距，雞爪。
3. 白羅繡衫：賈昌指揮鬥雞時所穿的服裝。
4. 差夫持道挽喪車：賈昌父忠卒於泰山，奉屍歸葬雍州，縣官為葬器喪車，乘傳洛陽道。

翻譯

生兒子不必教他讀書識字，只要他能鬥雞走馬，出路遠勝於寒窗苦讀。且看那年僅十三歲的鬥雞童賈昌，何代何人能比得上他的富貴榮華。他穿著白羅繡衫，隨著天子軟輿封祀泰山，父忠死，遠離長安千里，縣官為他治喪，榮耀無比。

賞析

唐玄宗治績先盛後衰，開元末，喜梨園，愛鬥雞，貪逸樂，任用佞臣小人，「遂令天下父母心，不重生男重生女」外，復興「讀書不若鬥雞走馬」之嘆，已兆亂於此矣。

十六 天寶中兩京童謠──《古謠諺》卷六十七引《廣神異錄》

不怕上蘭單，唯愁答辯難。無錢求案典，生死任都官。

注釋

1. 蘭單：指官府之地，衙門。
2. 案典：處理案件之官員。

翻譯

不怕上衙門訴訟，只恐無法辯解。沒有錢去求辦案官員，生死只能任其擺佈了。

賞析

安祿山造反攻陷兩京，強迫士大夫投降。等到收復失土，追究仕賊者，沒錢賄官的只能求天保佑，聽天由命。

十七　唐天寶中幽州童謠──《新唐書·五行志二》

舊來誇戴竿，今日不堪看。但看五月裡，清水河邊見契丹。

注釋

1. 幽州：《爾雅·釋地》燕為幽州，唐天寶為范陽郡，乾元後又為幽州，在今河北省北部遼寧一帶。
2. 誇：稱許。
3. 戴竿：古作戴干，奇異的相貌。《春秋元命苞》：「帝嚳戴干，是謂清明。」
4. 清水河：《讀史方輿記要》：「直隸永平府灤州」，在今河北省灤縣，其上流為龍溪河。

5. 契丹：古民族名，為東胡族的一支，居今遼河上游西拉木倫河一帶，以游牧為生，北魏時自號契丹，分屬八部，唐於此置松漠都督府，以契丹首領為都督。唐末耶律阿保機統一各部，於西元九一六年建契丹國，自稱宣帝，後改國號為遼。

翻譯

從前被稱讚這奇異的相貌是輔君的良才，如今馬腳露出，卻是不堪一看。等到五月時，我們將在清水河邊，看到成群的契丹人。

賞析

由於安祿山的逢迎諂媚，得玄宗之寵愛，授以大權，封為幽州、平盧、范陽節度使。其時東北方的契丹人屢次寇邊，朝廷和契丹時戰時和，互有勝負，直到天寶十三至十四年間安祿山對契丹用兵，始獲決定性的勝利。

表面上安祿山對朝廷卑躬屈膝，百依百順，內裡卻坐大實力，擴充軍備，收容契丹的敗軍逐漸狂妄自大起來，不理會朝廷了。可是昏君唐明皇正陶醉於楊貴妃的溫柔鄉裡，貴妃收安祿山為義子。久而久之，安祿山見時機成熟，露出其真面目，大敗契丹，使其無後顧之憂，而契丹軍亦成為安祿山叛亂的成員之一。

百姓的眼睛是雪亮的，他們早看出安祿山的企圖，無奈當時皇帝對他仍寵愛有加。百姓不敢直言，只得創作童謠，以寓諷諫。

十八　安祿山未反時童謠──《新唐書·五行志二》

燕燕飛上天，天上女兒鋪白氈，氈上有千錢。

注釋

1. 燕燕：借指安祿山。
2. 天上女兒：指楊貴妃。
3. 白氈：白色毛氈。
4. 千錢：喻貴重之器物，財寶。

翻譯

安祿山，飛上天，天上楊貴妃，共享榮華富貴。

賞析

此謠共三句，句末均押韻，採比興之法描寫，上下承接均用同字，為其特色。從這首童謠中，表現出時人對安祿山攀龍附鳳的作法，不予苟同。

十九　唐天寶中玄都觀詩妖——楊慎《古今風謠》

燕市人間去，函關馬不歸。若逢山下鬼，環上繫羅衣。

注釋

1. 玄都觀：長安道觀。
2. 詩妖：預卜吉凶禍福的詩。
3. 函關：函谷關。
4. 山下鬼：合為「嵬」字，指馬嵬坡。
5. 環上繫羅衣：環指楊貴妃，謂她被勒死。

翻譯

　　駐守幽、燕二州的安祿山叛唐，唐軍在函谷關被叛軍擊敗陣亡，玄宗倉皇逃離長安，行至馬嵬坡，將卒譁變，楊貴妃遭縊殺。

賞析

　　天寶年間，玄宗沉迷酒色，耽於逸樂，國勢日頹。這首童謠預告戰亂與楊貴妃之死。

廿　天寶末京師童謠──《新唐書·五行志一》

　　　　義髻拋河裡，黃裙逐水流。

注釋

　　義髻：假髻。以髮結於頭頂稱髻。

翻譯

　　假髮都拋除，流行的黃裙逐水流。

賞析

　　天寶初年，楊貴妃常以假髻作為頭飾，且喜歡穿黃裙，時人仿傚之。此謠以義髻及黃裙之流行，諷諭時人盲目追求富貴、生活萎靡，最後卻死於非命。

廿一　代宗夢黃衣童子歌——蘇鶚《杜陽雜編》

　　中五之德方峨峨，胡呼胡呼可奈何。

注釋

1. 中五：即為土，土為五行之末，唐為土德。
2. 峨峨：高盛之意。
3. 胡呼胡呼：胡人徒嘆息，胡人指吐蕃。

翻譯

　　唐朝的德政正盛大，吐蕃的野心未能得逞，只能嘆息。

賞析

　　吐蕃在當時是唐朝的一大外患，但因有名將郭子儀而屢次化險為夷，「胡呼胡呼可奈何」正表示吐蕃無可奈何於唐朝。

廿二　朱泚未敗前童謠——《新唐書·五行志一》

　　一隻筋，兩頭朱，五六月，化為蛆。

注釋

1. 朱泚：唐昌平人，代宗時為盧龍節度使朱希彩部將；希彩為部下所殺，泚帶領其眾。德宗立，拜太尉，涇原節度使姚令言在京作亂，帝奔奉天；令言奉泚稱帝，號大秦，旋改為漢。泚又

將兵圍帝於奉天，屢攻未破；會李晟等收復京師，又解奉天之
圍，泚走彭原，為部下所殺。

2. 筯：同箸。

3. 朱：深朱色。孟子盡心：「惡紫，恐其亂朱也。」此指朱泚。

翻譯

一隻筷子，兩端深紅，五、六月間，變成蠅蟲。

賞析

朱泚由一員小將，而擁兵自重，建號稱帝，最後敗走彭原。時人
有言：「潛龍勿用。」乃謂勿引狼入室，以為殷憂。這首童謠把朱泚
未敗前的情況作了最好的描述。一隻筯，兩頭朱，猶如一條威猛的
龍，正是意氣風發、潛力無窮的時候。五、六月間，化為蛆，正表示
其得意未久，即由龍變為蠅蟲的遭遇。

廿三 元和小兒謠（唐元和初童謠）——《古謠諺》

打麥打麥，三三三，舞了也。

注釋

1. 打麥：謂暗中突擊。

2. 三三三：即六月三日。

3. 舞了也：謂元衡遇害。「舞」諧音「武」。了，畢也。

翻譯

打麥，麥打，六月三，武元衡完了（被打殺）。

賞析

唐元和八年，武元衡重拜門下侍郎平章事，皇上方討淮、蔡，悉以機務委之。元和十年六月三日，武元衡將朝，出里東門，有暗中突擊者，以棓擊元衡左股，其徒馭已為賊所殺，奔逸，賊乃害之。大臣上朝途中，生命不保，中央式微，由此可見。

由此謠觀之，其敘述非常兒語化，而且帶戲謔性，如以三三三謂六月三日，舞了也謂元衡已死，不禁讓人莞爾。

廿四　唐憲宗時童謠（張權輿為裴度造謠詞）《新唐書·裴度傳》

緋衣小兒袒其腹，天上有口被驅逐。

注釋

1. 緋衣小兒：原文為非衣小兒，非與衣兩字合為「裴」字，此指裴度，字中立，河南聞喜人，貞元初，擢進士第，以宏詞補校書郎，舉賢良方正，調河陰尉。遷監察御史，出為河南曹參軍。武元衡帥西川，表掌節度府書記。
2. 天上有口：天上有口，合為「吳」字，指吳元濟，唐人，少陽之子，少陽死，元濟匿而不發喪，以病聞。

翻譯

裴度這小子真走運，輕鬆地把叛將吳元濟給平定了。

賞析

本篇源自《新唐書‧裴度傳》：寶曆二年，度請入朝，逢吉黨大懼，權輿作偽謠云：「緋衣小兒袒其腹，天上有口被驅逐。」以度平元濟也。

由於皇帝過於信任權嬖，故政治腐敗、國基動搖，唐憲宗時，大臣與宦官聯合，藩鎮的勢力更凌駕朝廷，而此時唐憲宗突以裴度為相，奸臣大懼，故有此偽作出現。

廿五　大中末京師小兒語──《新唐書‧五行志二》

拔暈。

注釋

拔暈：拔取日暈。

翻譯

孩童紐布向日，說：「拔取日暈喔！」

賞析

唐宣宗作泰邊陲樂曲，詞中有「海晏咸通」一句，末年京城孩童疊布漬水，紐之向日，謂之拔暈，預言鄆王即位，他是宣宗之子，登

基後，遂以「咸通」為年號，在位十四年（西元860-873年）。

廿六　鄴城童子謠——郭茂倩《樂府詩集》

鄴城中，暮塵起；探黑丸，研文吏。棘為鞭，虎為馬；
團團走，鄴城下。切玉劍，射日弓；獻何人，奉相公。
扶轂來，關右兒；香掃塗，相公歸。

注釋

1. 鄴城：齊桓公築鄴城以防衛諸侯，三國魏置鄴都，晉避愍帝諱，改稱臨漳，隋後名鄴縣。故稱在今河南臨漳縣西部。
2. 黑丸：黑色彈丸。
3. 切玉劍：喻劍銳利，可切玉研金。

廿七　咸通七年童謠——《新唐書·五行志二》

草青青，被嚴霜，鵲始復，看顛狂。

注釋

咸通：唐懿宗年號。

翻譯

青青草地，覆蓋寒霜，剛回來的鵲鳥，正好看到這顛覆狂亂的景象。

賞析

　　大地春回，南飛過冬的鵲鳥回到了故土，昔日青翠的草地，欣欣
向榮的景象已不復見。觸目而望，寒霜滿天，時序錯亂，呈現國將亡
君失道之象。蓋以青草喻百姓，寒霜喻王政，治勢不依其道而行，焉
能不呈顛狂之象。

　　據史書記載，咸通七年，自然界有許多失序之現象，如「鄭州永
福湖，水赤如凝血者三日。」「徐州蕭縣民家豕出圍舞，又牡豕多將
鄰里群豕而行，復自相噬齒。」「涇州靈台百里戍有雀生燕，至大俱
飛去，京房易傳曰：『賊臣在國，厥妖燕生雀。』」

　　由此看來，可見「咸通七年童謠」的產生背景，是以傳聞為根
據，故歌謠實具反映社會、表現人生的功用。

廿八　咸通十四年童謠──《新唐書・五行志二》

　　咸通癸巳，出無所之。蛇去馬來，道路稍開。頭無片
瓦，地有殘灰。

注釋

　　蛇、馬：是歲在巳，明年在午。巳，蛇也。午，馬也。

翻譯

　　咸通癸巳年，做事沒有目標。過了一年，現象稍為好轉，未料黃
巢作亂，使得屋頂沒有完整的瓦片，地上都是焚毀過的殘灰。

賞析

　　這首童謠是屬於敘事的口訣。一開始點出年代，是很少見的。末兩句卻能勾繪出當時的人物景象，使人印象深刻。整首童謠兼具「起、承、轉、合」的效果，言之有物，易於領會。

　　咸通十四年四月，成都李實變為木瓜。時人以為：李，國姓也，變者，國奪於人也。蓋唐懿宗時，匪寇作亂，無力鎮壓，百姓苦不堪言。待僖宗即位，原盼有番新氣象，那知匪徒反而作大，可知朝廷無能。

廿九　乾符六年童謠──《新唐書·五行志二》

　　八月無霜塞草青，將軍騎馬出空城。漢家天下西巡狩，猶向江東更索兵。

注釋

　1. 乾符：唐僖宗年號。
　2. 天「下」：一作子。
　　巡狩：即巡守。《孟子·梁惠王》：「天子適諸侯曰巡狩，巡狩者，巡所守也。」疏：「巡狩者，謂巡諸侯為天子所守土地。」
　3. 江東：一作東吳。
　4. 索：求也。

翻譯

　　八月沒有霜雪，塞外草色青茂，將軍騎馬離開空城。正好天子向

西巡狩，將軍還向江東去求救兵。

賞析

八月裡，正是風光明媚的好天氣，天子打算向西巡查領地，慰勞作戰的將士，誰知前方打了敗仗，將軍往後方求救兵去了。天子的巡訪，無異是撲了個空。據史書記載，乾符六年，氾水河魚逆流而上，至垣曲平陸界。魚喻民眾，逆流而上，民不從君令也。當時的政治、社會情勢，可見一斑。

整首童謠字句淺白，為七言絕句之類型。兼具詩詞的文句之美，及歌謠的輕快活潑。

卅　乾符中童謠言（唐僖宗時童謠）──《新唐書、五行志二》

金色蝦蟆爭努眼，翻卻曹州天下反。

注釋

1. 金色蝦蟆：金色的土蛙。一般皆為綠色，此以金色表示與眾不同。
2. 努眼：怒眼。猶瞋目憤慨。
3. 翻卻曹州：因王仙芝等由曹州先攻，把曹州搞得天翻地覆，故說翻卻曹州。

翻譯

金色的土蛙睜著怒眼，翻覆曹州反天下。

賞析

　　此首兩句均押韻，用字淺顯。流傳於唐僖宗乾符年間，由於當時連歲凶荒，人饑為盜，河南尤甚。初，里人在王仙芝、尚君長領導下聚盜起於濮陽，攻陷曹州、濮州、鄆州，因有此謠言傳云。

卅一　中和初童謠──《新唐書・五行志二》

　　黃巢走，泰山東，死在翁家翁。

注釋

1. 中和：唐僖宗年號。
2. 黃巢：唐曹州冤句人，世鬻鹽，富於貲，喜養亡命，善擊劍騎射，稍通書記。乾符中，王仙芝作亂，巢揭竿應之；及仙芝敗亡，巢收其餘黨，被推為王，號衝天下將軍。攻略州郡，取洛陽，破潼關，進陷京都，僖宗奔蜀；巢稱帝，國號大齊，年號金統。其後勤王之師，迭敗巢將；李克用又入破京師，巢遁至狼虎谷，計蹙自刎。

翻譯

　　黃巢敗亡，逃到泰山，死在部下手裡。

賞析

　　唐末衰亂，黃巢帶領賊寇作亂，一路勢如破竹，攻陷京師，立號稱帝。後為李克用所擊破，遁至狼虎谷，巢見時勢已去，謂其部下林

言:「取吾首者可得富貴。」巢自刎,言因斬之,及其兄弟。後遇王師,亦被殺。

這首童謠雖只有三句,卻文簡意深,含有極大的諷刺意味。把黃巢敗走,被其親信斬首的下場,作了淺白的揭露,寓有因果輪迴之意。

卅二　秦中兒童戲為顛當語——殷成式《酉陽雜俎·卷十七·蟲篇》

顛當顛當牢守門,蠮螉寇汝無處奔。

注釋

1. 顛當:蟲名。即土蜘蛛。
2. 蠮螉:土蜂,細腰蜂。

翻譯

顛當啊顛當,你要牢牢守住門,否則土蜂一侵入,你就無處奔逃。

賞析

顛當窠深如蚓穴,網絲其中,蠅一過,輒捕之,其土蓋常緊閉,最怕蠮螉入侵,故兒童有此戲語。這是孩童善於觀察獲得的一種知識。

卅三　董昌稱帝謠——《全唐詩》卷八七八

　　欲識聖人姓，千里草青青；欲知聖人名，日從曰上生。

注釋

　　1. 識：知也。
　　2. 聖人：用以指未來天子。
　　3. 千里草青青：「艸」、「千」、「里」合為「董」字。
　　4. 日從曰上生：「曰」上加「日」合成「昌」字。

翻譯

　　要知聖人何姓，就是青青的千里合為「董」；欲曉聖人何名，即是「曰」上加「日」合成的「昌」字；董昌就是未來的真命天子。

賞析

　　董昌夙有野心，山陰縣老人投其所好，偽作而誦此謠，昌大喜，贈百縑，免其稅徵。

　　昌自以為當膺天命，遂於昭宗乾寧二年（西元895年），即寅卯年卯月卯日（二月二日）卯時僭位，稱羅平國，年號天冊，自稱聖人，以應其卯生之讖。

卅四　光啟中福建童謠——吳處厚《青箱雜記》卷七

　　潮水來，山巖沒；潮水去，矢口出。

注釋

1. 潮水：海洋之水定時漲落的現象曰潮。
2. 山巖：穴也。楚辭七諫哀命：「穴巖石而窟伏。」
3. 矢口：合為「知」，指王審知。

翻譯

遠方的浪潮一來，這些位在海邊的岩穴就被淹沒。等到海浪一退，那些矢口又呈現出來。

賞析

僖宗光啟中，陳巖原為福建觀察使，而其職後由王潮所代。王潮是五代時閩之始祖，字信臣。僖宗時，王緒合群盜取光州，以潮為軍正；帝入蜀，潮殺緒歸唐。昭宗時以潮為福建觀察使，勤政興學，薄賦勸農，地方得以蘇息，尋拜威武軍節度使。卒後，其弟審知代；五代時，其孫鏻僭稱帝，國號閩，為十國之一。

這首童謠是寫王潮代替陳巖福建觀察使的職位。人們用二人名字來與潮水及山巖聯想在一起。看到那遠遠飛奔而來的浪花，一下就把岸邊的岩穴淹沒，就好像二人職位的興替。比喻非常貼切。

讀了這首童謠，讓人感嘆人生的無常，而時光飛逝，時代更替，或許新的政風能重現一片活潑的景象；就像王潮代替陳巖為福建觀察使後，勤政愛民，大興學風，減免賦稅，勸民勤於農事，呈現一個安樂的氣象，而為人津津樂道。

五代十國童謠二十三首

一 桂管兒童呼語──《古謠諺》卷二十四引《三楚新錄》

　　大蟲來。

注釋

　　1. 桂管：唐置桂管經略使於桂州。
　　2. 大蟲：老虎。指李勳，馬殷部將。

翻譯

　　馬殷派遣部下將領李勳率領數萬士兵攻打南越。不到數月，便已攻下了桂管十八座城池。劉䶮因害怕而乞盟。李勳勇猛健壯，被稱為李老虎。當地兒童聚在一起常戲說老虎來了。

賞析

　　本文乃桂管地方的兒童，戲呼將有北方將領率兵攻打桂管，結果這句童謠果真應驗了。

二　秦中芭蕉謠——《太平廣記》卷一四〇《玉堂閒話》逸文

花開來裡，花謝來裡。

注釋

1. 秦中：《全唐詩》（十二函八卷）作秦城，周孝王封伯益後代於甘肅天水，國號秦，唐天水為秦州。
2. 來：全唐詩作「也」字。

翻譯

天水原不是芭蕉的家，愛花的人，入冬把芭蕉藏在地窖裡，春暖再植。

賞析

天水在今甘肅省治東南七百三十里，漢置上邽縣；北魏改為上封；隋復改上邽；至唐則改都曰秦州。今陝西省南鄭縣。

此謠明淨短巧，具一般謠諺容易上口的特性。在這首童謠中，除了表現種芭蕉者的細心呵護、愛護之情，同時也讓後世之人了解當時的氣候與巴蜀不同，風土人情俱在此八字之中。

三　天祐中謠（楊渥時謠言）——《古今風謠拾遺》

楊老抽嫩鬚，堪作打鐘槌。

注釋

1. 楊老：喻楊行密雖老，有子足堪大任。
2. 打鐘槌：可當作打鐘的木槌。鐘諧音「鍾」。

翻譯

楊樹雖老，其嫩枝可用，當作打鐘的槌子。

賞析

杜文瀾《古謠諺》引用了《五國故事》，謂楊渥繼位後，攻江西，擄鍾氏，如謠之所預言。

楊慎《古今風謠拾遺》則引《十國春秋‧吳烈祖世家》云：「天祐三年九月，秦裴拔洪州鹵匡時及其司馬陳象等以歸。」證明謠言應驗。

前者修辭用的是諧音，後者偏於比喻，且引證史實不同，但都相信其靈驗準確。

四　淮南市井小兒唱──《古謠諺》卷二十四引《五國故事》卷上

檀來也。

注釋

1. 淮南：泛指淮河以南之地。
2. 市井：市也。正義：「古未有市，若朝聚汲井，便將貨物於井

邊賣，故言市井。」

翻譯

　　這是關於五代的故事。周的軍隊還沒有南征，而淮南市井的小孩子就普遍傳唱此歌謠。人們都感到奇怪，揚州有一城門叫建春門，出現一隻鼉，即俗稱的檀，浮現在水面，眾人以為小孩們說的話應驗了。沒多久周的軍隊進入了揚州城，這時才了解兒歌所說的預兆。

賞析

　　本文乃記述淮南市井小孩所唱的歌詞，竟與周的先鋒騎兵所唱歌詞首句意義相同，可說是謠讖。

五　金陵漁者唱──《古謠諺》

　　二月江南山水路，李花零落春無主，一箇魚兒無覓處。
風兼雨，土龍生甲歸天去。

注釋

1. 李花零落：預告先主將崩。
2. 魚兒：指鯉魚，天祐間童謠曰：「東海鯉魚飛上天。」丁酉十月，先主受吳禪。
3. 土龍生甲：先主在甲辰殂於正寢。

翻譯

　　仲春二月的江南，明山秀水，李花在風中零落，覓不著鯉魚，土

龍啊土龍，他已生甲歸回上天。（甲辰年即944年）

賞析

此為預言性童謠。南唐先主李昇即位前數載，一漁者持簑笠編竿，擊短版，唱〈漁家傲〉，自號回同客，人疑為呂洞賓。他在金陵唱此曲凡半年，音清悲如煙波間，里巷村落皆歌。

《古謠諺》引《玉壺清話》卷九〈李先主傳〉，其中有這首〈金陵漁者唱〉。

六　徐溫李昇相江南時童謠

東海鯉魚飛上天。

注釋

1. 徐溫：五代吳海州人，字敦美。少販鹽，從楊行密為盜。吳國建，以功遷右衙指揮使。行密卒，子渥嗣，溫與張顥弒之，立其弟隆演。又殺顥，遂專政，累拜大丞相，封東海郡王。卒諡忠武。

2. 李昇：南唐徐州人，字正倫。少孤，流寓濠、泗間，楊行密攻濠州得之，奇其貌，養以為子，楊氏諸子不能容，行密以乞徐溫，乃冒姓徐，名知誥。仕吳，累官參知政事，出鎮金陵，受吳禪稱帝，為南唐開國之主，在位七年卒，廟號烈祖。

3. 東海：郡名，在江蘇省一帶。徐溫曾為東海郡王。

4. 鯉魚：魚名，體扁而肥，鱗大，金黃色，鰭帶淡紅色，口前端有觸鬚兩對，背黑腹黃，大者長三尺餘，產於淡水，喜群居。

此處借「鯉」與「李」同音，暗喻李昇。

翻譯

東海的鯉魚就快要飛上天囉！

賞析

這是一句平白淺近的話，卻含有深義，「東海」指徐溫曾為東海郡王的東海，「鯉魚」也不是活蹦亂跳的鯉魚，而是指李昇，「飛上天」則意喻李昇將繼徐溫而起，為一國之君，果不其然，李昇後來成為南唐的君主。這首童謠竟成了預言。

七　馬希廣時長沙童謠

湖南城郭好長街，竟栽柳樹不栽槐。百姓奔竄無一事，只是搥芒織草鞋。

注釋

1. 馬希廣：五代楚王馬殷三十五子，希範弟，字德丕，嗣為楚王，後為其兄希萼所害，在位三年，史稱廢王。
2. 郭：外城。
3. 槐：落葉喬木，有兩三丈高，初夏開黃白花；果實長形，種子可作藥，木材可作傢俱或建材；花蕾可做染料。此處通「懷」，取其同音也。「柳」則象徵離別。
4. 奔竄：逃亡。
5. 搥：同「搥」，打。

6. 芒：多年生草，葉細長而尖，莖的外皮可以織草鞋，所以草鞋
又叫芒鞋。

翻譯

長長的街道是湖南通往城內城外的路，可是道路兩旁只栽柳樹卻
不栽槐樹。老百姓因為逃亡無法做其他的事，只好搥打芒草織草鞋。

賞析

在這四句童謠中，首尾兩句的街和鞋都押「ㄝ」韻，「不栽槐」
是因兄弟不睦，所以不「懷」也。用具體的事物、動作來隱喻另一件
事實，微細轉換，極為巧妙。另外描述逃亡的情景，亦用敲打芒草製
作草鞋的聲音，襯托離鄉背景、逃難外地顛沛流離的情況。

五代楚國在馬殷的第四子希範死後，判官李皋命希範的同母弟希
廣（馬殷第三十五子）當天策府都尉。可是他的哥哥希萼（馬殷第三
十子）當時是武陵帥，卻引九洞蠻攻打希廣，一直攻到長沙，希廣兵
敗，在野外被吊死。使得周延誨等人擔心的事成為事實。因為在希廣
當上楚王後，拓拔恆曾勸希廣將王位讓給希萼，可是希廣不肯。後來
周延誨等人告訴希廣說：「假如王上能讓位就罷了，不然就該早日將
希萼殺掉，以絕後患。」可是希廣卻哭泣著說：「他是我哥哥，我怎
麼忍心殺他呢？不如分些土地給他統治好了。」結果希廣還是被殺害
了。

在希萼尚未入湖南長沙時，城中街道種有許多槐樹，柳樹並不
多，等到希萼來後，便一律改種柳樹，再也見不到槐樹，表示他不懷
念兄弟之情。為了逃亡，百姓便趕著打製草鞋以做遠行的打算。本是
小孩傳唱的歌謠，竟應驗了歌謠內的事實。

八 馬希崇時長沙童謠

鞭打馬，走不暇。

注釋

1. 馬希崇：五代楚王馬殷三十一子，希萼弟，性狡險，希萼以軍政委希崇，希崇與楚舊將徐威等作亂，劫兵器，幽希萼，既襲位，縱酒荒淫，國人不附。請兵南唐，李璟遣邊鎬入楚，盡遷馬氏之族於金陵。後周廣順元年降於南唐，璟以之領舒州節度使，居揚州。顯德中，希崇率其兄弟歸周，拜右羽林統軍卒。
2. 走：奔逃也。

翻譯

揮動長鞭打馬匹，再不快逃來不及。

賞析

馬希萼殺害馬希廣後，便自立為王，可是他不好好治理國事，只知道整天喝酒作樂，人民都恨之入骨。於是馬希崇便和他的手下將希萼抓起來，囚禁在衡陽，自己稱王，希崇一樣荒淫無度，不理朝政，於是南唐派遣袁州刺使邊鎬趁他們亂糟糟時率兵攻打，希崇自知不敵便投降了。在這之前就流傳著「鞭打馬，走不暇。」這樣一首童謠。

雖只有兩句六個字，但馬、暇押韻可以琅琅上口。「馬」字也同「鯉」（李昇）、「槐」（懷）等一樣意有所指，「馬」字與「馬」希崇不但同音且同字，若當馬希崇來說，可形容他被邊鎬士兵追逐的慘

況；若就動物馬而言，則可形容逃亡的人們急迫匆忙的情形，快速揮動著馬鞭，唯恐逃不及哩！

九　馬氏將亂時湘中童謠——《宋史‧湖南周氏世家》

馬去不用鞭，咬牙過今年。

注釋

1. 馬氏：唐亡，在湖南長沙的馬殷自立為楚王。
2. 鞭：諧音「邊」，暗指南唐大將邊鎬。
3. 咬牙：馬希範時辰州刺使劉言的綽號。

翻譯

馬走了，不用鞭打；咬著牙且度過今年。

賞析

楚王馬殷卒後，傳位於子希聲、希範。希範暴卒，其弟希廣、希萼、希崇爭奪王位，民不聊生。這首童謠描述南唐李中主璟應馬氏之請，遣大將邊鎬出兵，下長沙，遷馬氏之族於建康，封希萼為楚王。後劉言打敗邊鎬，邊被免職；劉佔據湖南故地，遭部下執殺。此謠又見《青箱雜記》卷七。

十　蔣橫遭禍時童謠——《全唐文》卷三百五十四

君用讒慝，忠烈是殛。鬼怨神怒，妖氣充塞。

注釋

1. 蔣橫：任大將軍，封浚道侯，為司隸羌路所譖，降徙，卒，九子亦遭牽累。
2. 讒慝：阿諛奉承的小人。
3. 殛：誅。

翻譯

　　國君信用阿諛諂媚的小人，忠烈之士就遭到陷害誅戮。弄得天神憤怒，人鬼怨恨，妖氣充塞了朝廷。

賞析

　　這首童謠是齊光義在《後漢函亭鄉侯蔣登碑》中提到的。蔣登是蔣橫之第九子，字少朗，因父親受到陷害，他泣血枕戈待旦，後來平反，受封為侯。

十一至十三　南曲中小兒三首──孫棨《北里志》

　　張公吃酒李公顛，盛六生兒鄭九憐。舍下雄雞傷一德，
　　南頭小鳳納三千。
　　舍下雄雞失一足，街頭小福拉三拳。
　　莫將龐大做菝團，龐大皮中貨不乾。不怕鳳凰當頭打，
　　更將雞腳用筋纏。

注釋

1. 小鳳：姓陳。
2. 小福：姓田。
3. 龐大：龐佛奴。
4. 荍：音ㄑㄧㄠ，錦葵。

翻譯

張公喝酒李公醉，田小福私通盛六，生下兒子，其夫鄭九撫愛甚厚。南曲的張住住私通龐佛奴，兩人設計騙了陳小鳳三千文。

龐佛奴家中的公雞傷了腳，佛奴父親誤認田小福所為，便打了他三拳。

別把佛奴當做錦葵花團，他的皮中貨不乾。不怕鳳凰當頭打，再將雞足用繩纏繞。

賞析

這三首兒歌在長安平康里三曲的南曲傳唱，記敘狎客名妓的誹聞。

第一首唱鄭九郎、陳小鳳所愛非人，遭騙財騙情，戴了綠帽子。

第二首敘小福被打，佛奴趕忙將公雞用繩纏足，放到街上。

第三首寫陳小鳳見公雞果真受傷，就與張住住和好如初，但後來知道中計，就不再到張家了。

小兒傳唱風流韻事，歌者無心，聽者有意，繪聲繪影，好不熱鬧。

十四　秦人竹貍謠──《太平廣記》卷一百六十三引 《王氏見聞集》

　　貍貍引黑牛，天差不自由。但看戊寅歲，楊在蜀江頭。

注釋

1. 竹貍：食竹的貍鼠，疑為熊貓。
2. 黑牛：指劉知俊，字希賢，沛人，朱溫大將，善戰，封大彭郡王。降李茂貞，遭讒，奔前蜀王建，任武信軍節度使，戰功彪炳，被誅。
3. 楊：諧音「揚」，揚灰。

翻譯

　　竹貍竹貍，引來了劉黑牛，他雖驍勇善戰，卻命運乖違，不由自主。王建怕日後不好掌控節制，為子孫憂，遂將其誅除，翌年戊寅，將他骨灰灑到蜀江。

賞析

　　功高震主，面黑屬牛的劉知俊難逃誅戮的惡運。

十五　武義中童謠（江南童謠）──《古謠諺》

　　江北楊花作雪飛，江南李樹玉團枝；李花結子可憐在，不似楊花沒了期。

注釋

1. 楊花：後梁末帝貞明五年（西元919年），楊隆演稱吳王；後唐明宗天成二年（西元927年），吳王楊溥稱帝。至後晉高祖天福二年（西元937年），始為徐知誥所取代。
2. 李樹：徐知誥建國號南唐，他本姓李，至宋太祖開寶八年（西元975年），李後主降。
3. 可憐：可愛。
4. 沒了期：《十國春秋·吳世家》作無了期。

翻譯

　　江北的楊花作雪飛，終化為無，零落而盡；江南李樹枝生玉白之花。日久，李樹結子，纍纍圓圓，可愛的掛在枝頭上，不像楊花四處飄零，似雪漸滅。

賞析

　　這首童謠在吳王楊隆演武義年間盛傳於江南。又見於《古今風謠拾遺》。徐知誥受禪，江西楊樹竟化為李，臨川李樹生連理枝，知誥原姓李，因下「還宗」之議，恢復本姓，應了謠意。

十六　王建時里巷謠──《新五代史·劉知俊傳》

　　黑牛出圈棕繩斷。

注釋

1. 王建：許州舞陽人。唐昭宗乾寧四年（西元897年），取東川，
   封琅琊王，進封蜀王。朱全忠篡唐，建遂自立，國號蜀。
2. 棕繩：暗指王建之子王宗、王承，以音同聲近之故。

翻譯

黑牛不可範籠，掙脫出圈，棕繩必斷。（劉知俊若不聽節制，王
建子孫必遭殃。）

賞析

王建怕身後知俊為子孫殃，故以此童謠為由，將他殺戮。

十七　王衍在蜀時童謠

我有一帖藥，其名曰阿魏，賣與十八子。

注釋

1. 帖：藥一劑曰一帖。《四朝見聞錄》：「寧王每命尚醫，止進一
   藥，戒以不分三、四帖。」
2. 十八子：三字合為「李」，指後唐。

翻譯

我有一帖藥方子，這帖藥方名叫做阿魏，想把這帖藥賣給姓李
的。

賞析

　　這是王衍在蜀時當地所傳唱的一首童謠，表面上好像真的有一帖藥，事實上是說王衍的哥哥王宗弼賣國歸於後唐之事。

　　王衍的父親王建是後蜀的開國主。舞陽人，字光圖。少以屠盜驢、販私鹽為事。後從軍，唐僖宗時黃巢陷長安，建奔蜀，以功累擢西川節度使。昭宗時攻陷成都，據有兩川，帝封為蜀王。唐亡，遂自立為蜀帝。其子王衍，字化源，有才思，好靡靡之音，既嗣位，荒於酒色，委政宦官，在位七年，為後唐所滅。世稱後主。王宗弼是王衍的哥哥，但並非親兄弟，而是王建的養子，他本姓魏。因此人們做這首童謠，假托一帖藥暗指王宗弼賣國歸唐之事。

　　王宗弼這種賣國的行為很可恥，況且王建又是他養父，有恩於他。當時蜀地的人民，傳唱這首童謠藉以譏諷王宗弼的忘恩負義。小孩子不知童謠的含義，只是遊戲地傳唱於鄉里，王宗弼若聽到不知作何感想？想到國破家亡的慘劇，自己又落得賣國賊的罪名，一定悔不當初吧！

十八　李後主時童謠

　　索得娘來忘卻家，後園桃李不生花。豬兒狗兒都死盡，養得貓兒換赤瘕。

注釋

　　1.「娘」來：娘謂李後主再娶周后。
　　2.赤瘕：瘕，音ㄐㄧㄚ，腹中積塊聚散無常之病。在此指眼疾。

翻譯

我們的李主子，娶了周后，就忘了治家的責任。後園任其荒蕪，桃樹李樹都不開花了。豬啊狗啊都死了，不再有往日的福祚，連養的貓都患眼疾無法捕鼠了。

賞析

古代王權社會君王是影響國勢運作的首要人物。南唐李後主雖在文學方面有所成就，然而在政治上卻面臨存亡滅絕的局面。政事的衰敗，不免使人心生感慨，昔日的昇平景象已不復存，就如曾經滿園花開的繁華，至此卻成荒蕪。人民心焦之餘，眼看他迎娶周后，卻無力改革，只好言豬狗皆死，以寓國祚將盡。貓患赤瘕，寓李後主手下為外在的浮華所蒙蔽，見事不明。

這首兒歌一句七字共四句，一、二、四句押韻。在精簡的文句中，反映出當時政治、社會的情況，於無奈中透露著一絲諷譖，雖不言明所指為何？卻能使眾人心有戚戚焉！

十九　高酒禿醉歌——馬令《南唐書・浮屠元寂傳》

酒禿酒禿，何榮何辱？但見衣冠成古邱，不見江河變陵谷。

注釋

1.高酒禿：僧元寂，姓高，自言高駢族人，博通經藏，南唐中主

李璟保大中，授明教大師，日以狂飲為事。

2. 古邱：墳塋。

翻譯

醉和尚啊醉和尚，什麼是榮耀？什麼是恥辱？只見人物衣冠成墳墓，不見江河變遷成陵谷。

賞析

元寂和尚性爽悟，一醉酒，就與十幾個小兒行歌，歌寓人命短暫，日月長久，應即時行樂之理。後落僧職，醉死於石子岡。

廿　華姥山童子歌──吳任臣《十國春秋・吳・劉得常傳》

靈菌長，金刀響。

注釋

1. 華姥山：在今安徽省。
2. 靈菌：黃芝。
3. 金刀：刀兵，戰禍。

翻譯

山中黃芝盛長，戰亂恐怕要發生了。

賞析

　　五代十國兵連禍結，不論靈菌有無成長，戰爭遲早都要發生，這首兒歌顯現當時百姓預期的恐懼心理。

廿一　長沙羊馬童謠

　　三羊五馬，馬子離群，羊子無舍。

注釋

1. 羊：指五代吳開國主楊行密。楊行密，合肥人，字化源，性寬厚。初為盜，後應募為兵，遷隊長。唐昭宗時據盧州起兵，帝拜為淮南節度使，封吳王。
2. 馬：指五代楚主馬殷。馬殷，鄢陵人，唐昭宗時代劉建峰為武安節度使，據今湖南全省及廣西東部。梁太祖立，殷遣使修貢，受封為楚王，建都長沙。迨後唐莊宗滅梁，殷復修貢於後唐。在位時賣茶鑄錢，國稱富饒。
3. 舍：居室也。

翻譯

　　吳國歷三位國君，楚國經五世而亡。後日楚國將失去群眾，吳國也丟了王位。

賞析

　　唐末容州刺史龐巨昭善星緯之學，因厭惡五代南漢開國主劉隱的

殘虐作風，歸隱長沙。當時有人問他湖南與淮南的國祚長短。龐巨昭就說：「自吾入境以來，就聽到這首童謠。」他預測楚國歷五位君主，吳國也僅歷三位國君。後來果真如其所料。所謂「馬子離群，羊子無舍」是指五代那種分崩離析、無法統一的局面。當時人人都想自立為王，但經歷一場戰亂之後，國力、財力、人力的耗損無法及時恢復，如遇上國君昏庸，荒廢國事，則更易覆亡。

廿二　天會童謠——吳任臣《十國春秋・北漢二・睿宗本紀》

生怕赤真人，都來一夜春。

注釋

1. 天會：北漢帝劉鈞年號（西元957-973年）。
2. 赤真人：赤為火，宋應火德之象。

翻譯

生怕火德真出現了，一出現，陽光普照，大地皆春。

賞析

天會二年（西元958年），北漢都城下了一場大雪，這首童謠預言趙宋膺受天命，將一統天下。

廿三　劉鋹末年廣南童謠──《古謠諺》

羊頭二四，白天雨至。

注釋

　1. 劉鋹：南漢王。

　2. 羊頭二四：羊為未，謂辛未年二月四日。

　3. 雨：指天水趙姓，亦可解為「時雨」。

翻譯

到辛未年二月四日那天，趙宋軍隊會如時雨驟至。

賞析

此謠一題作〈乾和中童謠〉，乾和是南漢劉晟年號（西元943年），《古謠諺》、《古今風謠》亦加蒐錄，是一首讖謠。

趙宋軍隊於辛未年二月四日擒南漢王劉鋹，已有先兆。因趙古隸天水，以火德王，若時雨之至。

又劉鋹曾令民間置貯水桶，稱「防火大桶」。「防」諧音「房」，為宋分野；「桶」諧音「統」，「防火大桶」諧音「房火大統」，正是不祥之兆。

文學研究叢書　0800004

臺灣文學與中國童謠

作　　者　龔顯宗
責任編輯　游依玲
特約校稿　林秋芬

發 行 人　陳滿銘
總 經 理　梁錦興
總 編 輯　陳滿銘
副總編輯　張晏瑞
編 輯 所　萬卷樓圖書股份有限公司
排　　版　浩瀚電腦排版股份有限公司
印　　刷　中茂分色製版印刷事業股份
　　　　　有限公司
封面設計　菩薩蠻數位文化有限公司

發　　行　萬卷樓圖書股份有限公司
　　　　　臺北市羅斯福路二段 41 號 6 樓之 3
　　　　　電話 (02)23216565
　　　　　傳真 (02)23218698
　　　　　電郵 SERVICE@WANJUAN.COM.TW
大陸經銷　廈門外圖臺灣書店有限公司
　　　　　電郵 JKB188@188.COM

ISBN 978-957-739-859-8
2014 年 2 月初版平裝
定價：新臺幣 320 元

如何購買本書：
1. 劃撥購書，請透過以下郵政劃撥帳號：
　　帳號：15624015
　　戶名：萬卷樓圖書股份有限公司
2. 轉帳購書，請透過以下帳戶
　　合作金庫銀行 古亭分行
　　戶名：萬卷樓圖書股份有限公司
　　帳號：0877717092596
3. 網路購書，請透過萬卷樓網站
　　網址 WWW.WANJUAN.COM.TW
大量購書，請直接聯繫我們，將有專人為
您服務。客服：(02)23216565 分機 10

如有缺頁、破損或裝訂錯誤，請寄回更換

國家圖書館出版品預行編目資料

臺灣文學與中國童謠 / 龔顯宗著.
　-- 初版. -- 臺北市：萬卷樓, 2014.02
　　面；　公分
ISBN 978-957-739-859-8(平裝)
1.臺灣文學　2.童謠　3.文學評論　4.中國

863.2　　　　　　　　　　　103002641